세상과 사람을 향해 샘솟는

〈감사의 시대〉로 힘차게 나아가는

_____ 님께 드립니다.

선 지랄
후 수습
늘 감사

나는 아무도 못 말릴 〈지랄의 시대〉를 거쳐,
이렇게 살면 안 되겠다는 〈수습의 시대〉를 지나
세상과 사람을 향해 샘솟는 〈감사의 시대〉로 갑니다.

선 지랄
후 수습
늘 감사

김광수 지음

LEAVE
LEARN
LOVE

목차

머리말 삶을 변화시키고 싶을 때 만나는 김광수의 인생 특강

^{part} 1 선지랄의 시대

나는 양아치였습니다 ···15

나는 군밤 장수를 빙자한 사기꾼이었습니다 ···18

군밤 장사도 노하우가 있습니다 ···22

군밤 하나에 우주와 철학이 담겨 있습니다 ···26

학교 때 배운 것, 살면서 배운 것 ···30

현재 이 순간에 최선을 다하자 ···32

역경이 약입니다 ···35

세상에 보름달 같은 인생은 없습니다 ···39

망해버리라고 해봤자 자신만 망합니다 ···42

'일사一事가 만사萬事'입니다 ···46

나는 점쟁이었습니다. ···50

끈으로도 나무를 자를 수 있습니다 ···54

부정의 유서를 쓰고 죽으려거든 죽지 마세요 ···57

우리는 정말 우리의 가치를 알고 있을까요? ···59

인생에 전진 기어를 넣고 달려주세요 ···62

입이 보살입니다 ···64

춥다 춥다 하면 진짜 추워집니다 ···66

인생은 적이 아니라 친구입니다 ···68

일일일생一日一生으로 살아갑시다! ···72

'즐겁게 보이는 것'과 '정말로 즐거운 것'은 다릅니다 ···74

중요한 건 출발선이 아니라 도착지입니다 ···76

'철부지'에서 '철지'로 거듭납니다 ···80

지랄의 시대를 끝냅니다 ···82

감사의 편지1 ···85

^{part}
2   후수습의 시대

시대의 흐름을 타고 세상을 헤엄치다 ···91

빛처럼 물처럼 광수처럼 ···95

군밤 장사에서 얻은 감동을 사업에 녹였습니다 ···98

유기농 경영으로 다시 태어납니다 ···101

투명하고 빛나는 CRM 구축하기 ···105

사업은 인간이 할 수 있는 가장 아름다운 마술입니다 ···108

세상에 버릴 경험은 없습니다 ···112

목재상이 벌목공을 만났습니다 ···115

착각하지 마세요. 주는 사람이 성공합니다 ···118

요구보다 중요한 것이 관계의 발전입니다 ···121

상대방이 능력을 발휘할 수 있게 도와주세요 ···123

인생의 기회는 두 번째에 옵니다 ···126

내려놓으면 더 많은 것을 가질 수 있습니다 ···128

'일계지손이나 연계지익日計之損 年計之益'이 됩니다 ···131

감동 경영으로 최고의 기업을 만들고 싶습니다 ···133

직원의 마음에 감사의 씨를 심습니다. ···137

회사, 공전의 히트상품 개발! ···140

독특한 경영철학과 사훈으로 도약합니다 ···144

황금률을 기억하세요! ···148

감동의 약장수가 되고 싶다 ···151

평생감동개발원을 운영합니다 ···154

이렇게는 살 수 없다면 무조건 독서! ···157

목마른 놈이 우물의 두레박을 길어 올립니다 ···162

뛰어난 사람은 주위에 얼마든지 있습니다 ···164

지식은 평면이고 지혜는 입체입니다 ···167

경청이 얼마나 중요한지 니 모르나? ···171

감동의 낙서와 메모를 수집합니다 ···174

감동과 감사의 글을 수집합니다 ···178

감사의 편지2 ···186

part 3 늘 감사의 시대

'나'의 탄생과 존재에 감사합시다 ⋯193

충고를 받아들이는 것도 능력입니다 ⋯195

하루에 세 번은 감사합시다 ⋯197

오프라의 힘, 감사입니다 ⋯199

3대 불씨 감사일기를 만들다 ⋯201

누룩이 빵을 부풀리듯 감사일기가 늘어납니다 ⋯204

망설이면 감사는 멀리 사라집니다 ⋯206

농부의 감사 ⋯208

매일 아침 감사하는 마음을 가집시다 ⋯210

말 한마디의 힘을 알면 감사의 위대함도 알게 됩니다 ⋯212

감사는 웃음을 부릅니다 ⋯215

웃는 사람, 감사하는 사람과 일하고 싶은 법입니다 ⋯217

웃음과 감사는 스트레스를 없앱니다 ⋯219

감사도 병도 모두 마음에서 비롯됩니다 ⋯221

감사할 시간이 많이 남아 있지 않습니다 ⋯224

감사보다 더 확실한 이미지 메이킹은 없습니다 ⋯226

감사는 웃는 얼굴을 만듭니다 ⋯228

감사하고, 감사하고, 또 감사합시다 ⋯230

남에게 감사하는 마음을 표현하세요 ⋯232

반성하고 역지사지하면 감사는 절로 옵니다 …234

"일이 순조롭게 풀리네" 하고 감사합시다 …237

처음 그 감사를 기억하세요 …239

똥도 감사하면 거름이 됩니다 …241

숨겨둔 행복은 감사라는 열쇠로만 꺼낼 수 있습니다 …243

감사의 향기를 품어보세요 …245

잘못을 지적하는 대신 감사합시다 …247

세상에서 제일 편한 나쁜 짓, 비판 …249

절로 나오는 감사가 있습니다 …251

미루지 말고 망설이지 말고 감사하다고 말하세요 …253

매일 감사할 일은 반드시 생깁니다 …255

'등잔 밑 감사'와 '두레박 감사' …257

생각하면 모든 것이 다 감사함입니다 …259

긍정적인 밥, 감사! …261

감사는 드물기에 귀합니다 …263

겸손하지 않는 사람에게 감사는 없습니다 …265

배울수록 고개를 숙이고 감사합시다 …267

거절조차 감사해보았습니까? …269

알면 알수록 하기 힘든 감사 ···271

전기가 어둠을 밝히듯 감사로 주변을 밝히고 싶습니다 ···273

오직 한 가지 비결, 감사! ···275

암은 암이고, 감사는 감사입니다 ···278

불빛같이 살아갑시다 ···280

감사를 습관으로 만들어보세요 ···281

연탄처럼 뜨겁게 감사하며 살아갑시다 ···284

감사의 셈법 ···287

감사일기 더하기 용서일기 ···288

용서일기를 씁시다 ···291

다시 태어나도 감사하겠습니다 ···293

우리 모두 감사합시다 ···296

감사의 편지3 ···297

삶을 변화시키고 싶을 때 만나는
김광수의 인생 특강

이 책은 내가 살아온 인생과 내가 만들어낸 사업과 내가 추구한 삶에 대한 글입니다. 이 책은 삶에 대한 원망과 불평뿐이고 세상이 망하기를 바란 구제불능의 청년이 어떻게 세상 밑바닥에서 살면서 어려움을 통해 깨닫고, 사람과 세상에 감사하는 마음을 통해 감사한 일이 일어나고, 그 감사가 풍요로워져서 베푸는 삶에 관심을 가졌는지, 한 인간의 삶을 통해 배우고 깨쳐가는 것을 회고하며 적은 책입니다.

고등학교를 마치고 어린 나이에 군밤 장사를 시작해서 27개국에 수출하는 글로벌 강소기업인 전력기기 분야의 동아전기공업(주)와, 국내 조선업계에 납품하는 제일화학(주)를 경영하기까지 파란만장한 경험 속에서 열매 맺은 제 삶의 추억이기도 합니다.

동아전기공업(주)와 제일화학(주)의 사훈인 '지금 이 순간에 최선을 다하라'와 '행동하기 전에 생각하는 자세로 미래를 준비하라', '내가 못하면 남이 잘하도록 도와주자'에 대한 이야기이 며, 감사하고 감사해도 감사할 것들만 남은 우리 모두의 삶에 대 한 이야기입니다.

성경 시편 100편에 이런 구절이 나옵니다. "온 땅이여 여호 와께 즐거이 부를지어다. 기쁨으로 여호와를 섬기며 노래하면서 그 앞에 나아갈지어다. 여호와가 우리 하나님이신 줄 너희는 알 지어다. 그는 우리를 지으신 자시요, 우리는 그의 것이니 그의 백 성이요 그의 기르시는 양이로다. 감사함으로 그 문에 들어가며 찬송함으로 그 궁정에 들어가서 그에게 감사하며 그 이름을 송 축할지어다. 대저 여호와는 선하시니 그 인자하심이 영원하고 그 성실하심이 대대에 미치리로다."

부족한 이 책은 한 자리에 앉아서 다 읽을 수도 있지만, 아무 곳이나 펼치고 읽어도 좋습니다. 좋은 술과 맛있는 음식을 오랜 친구와 공유하는 것처럼, 행복하게 조금씩 읽었으면 하는 바람 입니다.

백락伯樂 김광수

part 1

선 지랄의 시대

누구든 질풍노도의 시기에 '나는 왜 태어났을까?'라는 질문을 한 번쯤
은 하지 않을까? 다만 차이가 있어서 아주 깊은 병을 앓는 사람도 있을
것이고, 며칠 끙끙 앓다가 감기처럼 지나가는 사람도 있을 것이다. 내게
는 구제불능 혹은 지랄이었다고 말할 정도로 혹독한 시간이었다.

나는 양아치였습니다

양아치란 말은 원래는 6.25 전쟁 직후 사회 여기저기에 형성되었던 소년 고아 집단을 가리키던 말입니다. 주로 성인이 되기 전, 청소년으로 이루어진 집단인데, '동냥아치'라고 부르던 것이 짧게 줄어든 것이라고 합니다. 이 말이 지금도 나쁘게 사용되는 것은 당시 양아치라 불린 청소년들이 구걸 외에도 소매치기나 강도, 폭행 등을 일삼았기 때문이라고 합니다.

다른 해석으로는 들판을 뜻하는 한자 '야野'와 사람을 뜻하는 '치'가 합쳐진 말이라는 설도 있습니다. 그야말로 들판을 송아지나 망아지처럼 마구 돌아다니며 천방지축으로 살아가는 이를 일컫는 말이었다고 하겠습니다.

왜 이런 말을 하는가 하면 나 자신이 지금까지 남들이 도저히 상상할 수 없을 정도로 많은 시련과 고통, 한이 연속되는 인생을 살아왔고, 또 그만큼 엉망으로 난리를 피웠기 때문입니다. 그리고 청춘의 그 인생을 한마디로 압축하면 딱 한 단어, '양아치'로 정리되기 때문입니다.

마산상고(현재 용마고)가 마지막 학력인 나는 당시 경남 창원군 상남면 상남극장 일대에서 나쁜 짓은 죄다 골라 하며 살았습니다. 멀쩡하게 지나가는 남학생들에게 시비를 걸고 위협해서 돈을 빼앗아 술을 사 먹기도 하고, 거리의 노점상 풀빵을 아무렇지도 않게 훔쳐 먹는가 하면, 멀리 진영까지 찾아가서 단감 서리를 하기도 하고, 여학생이 길목을 지나갈 때면 있지도 않은 통행세를 내지 않았다며 스커트에 똥칠을 하겠다고 공갈을 치기도 했습니다.

당시 학교에는 기차로 통학했는데 겨울철 기차 안에서 머릿니(추운 겨울 따뜻한 옷 속을 기어 다니는 그 벌레 맞습니다)를 잡아다가 여학생의 검은색 교복 어깨 위에다 올려놓으면 어찌나 선명하게 보이던지요. 그렇게 창피를 주면서 철없이 굴었던 구제불능의 인간이 바로 나였습니다. 그야말로 동네방네 바쁘게 다니면서 나쁘다는 짓은 골라서 했습니다.

졸업할 때는 주산 3급 급수를 따지 못해 졸업장을 받지 못하는 일도 생겼습니다. 그해 가을 부산의 기장 종합고등학교로 전근을 가신 당시 담임 선생님을 찾아갔다가, 선생님 두들겨 패려고 왔다는 오해를 받으면서도 끝까지 졸라 졸업장을 받아 온 일도 있었습니다. 그런데 나중에 알고 보니 졸업 증명서는 필요하지만 졸업장은 필요 없더군요.

통학 파티를 하다가 친구들과 함께 여자고등학교 배구 코치 선생님을 신나게 두들겨 팼습니다. 그때 학교 명찰을 빼앗겨 들통이 나는 바람에 마산상고 개교 이래 퇴학 1명, 무기정학 13명이라는 최대 집단 처벌의 오명을 남긴 장본인이 바로 나입니다.

그것도 모자라 졸업 시험 기간 동안 백지 동맹을 주도해 담임 선생님이 사표를 쓰시게 하는 등 정신적 고통을 주었던 버러지 같은 인간이자 양아치였습니다. 고백합니다. 나는 정말 양아치였습니다.

나는 군밤 장수를 빙자한
사기꾼이었습니다

멋대로 된 인간이 고등학교를 졸업했다고 해서 한순간에 제대로 된 사람 꼴을 갖출 리가 없었습니다. 밥 먹고 살 일을 찾다가 부산 영도 영선초등학교 앞까지 와서 결국 호떡을 팔기 시작했습니다.

돌이켜 생각해보면 처음 사회에 나와서 시작한 장사가 호떡장사였으니, 학교 다닐 때 마산역 앞 풀빵 가게에서 풀빵 훔쳐 먹고 도망쳤던 업보인 것 같습니다. 그렇게 생각하면 서울에 올라와서 두 번째로 벌인 홍시 장사도 저 멀리 진영의 감 밭에서 감 도둑질을 하다가, 잡으러 오는 주인을 밭고랑에 처박고 도망쳐 나온 못된 행동을 하나님께서 기억하시고 고난의 심판대에 세우신 것인지도 모를 일입니다. 그야말로 죄는 지은 데로 가고, 덕은 쌓은 데로 간다는 말이 고스란히 적용된 셈입니다.

일이 끝나고 나면 방이라고 부르기도 민망한 거처지만 하나뿐인 보금자리를 향해 산을 올라갔습니다. 하늘에 보다 가까운 그 달동네를 오르려면 세 번을 쉬어야만 했습니다. 나는 쉴 때마다 발아래 수많은 불빛들을 보며 나도 언젠가는 저 불빛 중 가장 크고 환하게 빛나는 불빛을 갖겠노라는 꿈을 품었습니다. 그러나 세상은 드라마나 영화처럼 그렇게 녹록지 않았습니다. 그래서 호떡 장사를 하다가 '이건 아니야. 서울로 가자. 사람이 나면 서울로 가야지' 하는 생각에 무작정 밤기차를 타고 서울로 올라갔습니다. 낯설기만 한 서울 시내 한복판을 어슬렁거리기를 며칠. 그곳에서 군밤 장사를 하던 아저씨가 8천 원만 내고 이 리어카와 모든 장비를 다 인수하라는 말에 덜컥, 주머니 속에 고이 모셔둔 쌈짓돈을 다 긁어서 주고 마침내 군밤 장사라는 것을 시작하게 됩니다. 지금으로부터 52년 전의 이야기입니다.

당시 서울의 한복판이었던 청계천에 위치한 최고층 건물 삼일빌딩 옆에서 그렇게 군밤을 팔기 시작했습니다. 삼일빌딩 옆에서 보낸 그해 겨울은 유난히도 추웠습니다. 지금의 겨울 추위는 추위도 아니라고 할 정도로 그때는 정말 추웠습니다. 특히 빌딩 숲 사이로 불어오는 매서운 바람은 뼈가 시릴 정도라는 말을 깨닫게 해주었습니다. 큰 빌딩 불빛들 사이의 타향 땅은 춥고도 서러운 공간이었습니다. 세상이 한없이 원망스럽기만 했습니다.

그런데 참 희한하게도 군밤이 잘 팔리면 발이 하나도 시리지 않은데, 군밤이 팔리지 않으면 겨울 도시의 음산한 빌딩 숲 그늘이 꼭 괴물처럼 느껴지면서 발과 귀는 물론 마음까지 어쩌면 그리도 차갑게 느껴지던지요. 지금도 그 고난의 겨울들을 생각하면 눈가가 뜨거워집니다.

군밤을 탐스럽고 맛나게 잘 구우려면 생밤의 머리 부분을 면도칼로 그어 공기통을 내고 석쇠에 올려놓고 열을 가해서 껍데기가 시커멓게 탈 정도로 충분히 구워야 합니다. 하지만 경험이 없다 보니, 보통 화덕에서 4~5분 정도는 익혀야 하는데, 군밤이 벌어지려고 찌익찌익 하는 소리를 내는 것을 듣고는 군밤이 익었다고 착각해 2분도 안 되어 석쇠를 꺼내버렸습니다. 이런 군밤은 나중에 다시 열을 가하더라도 먹음직스럽게 입이 열리지 않아 그야말로 불량 상품이 되고 맙니다.

딱히 KS규격이니 하는 것이 있을 리 없지만, 사는 사람이나 파는 업계에서 통용되는 '잘 구운 군밤'이란 껍질과 껍질 사이로 노랗게 익은 밤이 정월 대보름달처럼 환한 얼굴을 내밀며 방긋이 웃어야 합니다. 그래야 손님이 보고 한눈에 반해서 사 가는 상품이 됩니다. 그런데 굽다 꺼내놓았으니 모양이 제대로 될 리 없었습니다. 답답한 마음에 가짜 보름달을 만들려고 억지로 양 손가락으로 밤 껍질을 잡아당겨서 벌렸습니다. 어떻게 되었을까요? 벌어지기는커녕 밤 껍질과 함께 안의 밤까지 부서져 내렸습니다. 그렇게 내가 구운 군밤은 늘 덜떨어진 상품이었습니다. 맛도 없어 보였습니다. 딴에는 잘 구웠다고 생각했는데도 먹음직스럽게 입을 벌리지도, 노란 속살을 환하게 드러내지도 않았습니다. 상품 가치가 떨어지는 군밤은 서울의 겨울밤이 깊어가도록 선택되지 못한 채 못난 나와 함께 구석에 처박혀 있었습니다.

줄지 않는 군밤이 팔리려면 다시 늦은 밤까지 기다려야 합니다. 청계천, 종로에서 술에 취해 비틀거리는 마지막 취객의 낭만에 기대보는 수밖에 없기 때문이었습니다. 늦게 귀가하는 손님들은 술에 취할 대로 취해서 분별력이 떨어졌습니다. 그런 사람들이 사기를 기다리며 나는 늦은 밤까지 손님을 기다려야만 했습니다. 제대로 구운 상품인 군밤을 파는 것이 아니라, 취객의 착각 속에 어떻게든 팔리기만을 기다리던 그때의 나는 군밤 장수가 아니라 군밤 장수를 빙자한 사기꾼이었습니다.

군밤 장사도 노하우가 있습니다

군밤의 입이 먹음직스럽게 벌어져 있지 않으면 군밤을 사 가지 않을 때이니, 결국 팔리는 시간은 거의 통행금지 시간에 임박해서였습니다. 그런데 참으로 얄미운 취객은 술이 거나하게 취해서 잘 걷지도 못하고 말도 잘 못하고 주변도 제대로 분별하지 못하면서도 자기 아내 무서운 줄은 아나 봅니다. 아내에게 욕 듣는다면서 못난 놈들 줄 세워서 맨 앞줄에 있는, 그나마 모양 좋은 군밤을 요리조리 골라서 가져가는 통에 나머지는 더 엉망이 되어 못 팔게 되니 더더욱 야속하기도 했습니다.

막판 떨이 군밤 장수의 심정을 헤아려달라고 애원할 수도 없고, 답답한 나머지 이리저리 뒤적이는 손님의 머리통을 콱 쥐어박고 싶었던 적이 한두 번이 아닙니다. 그러나 반대로 생각해보니 그나마 그렇게 팔리지 않았던 군밤이 있었기에 추운 겨울밤 육신과 영혼이 모두 지쳐버린 시간의 배고픔을 달랠 수 있었습니다. 그런 추운 밤이 계속되면서 '내가 앞으로 이 엄청난 고난의 가시밭길을 어떻게 극복할 수 있을까? 내게도 좋은 날이 오기는

할까?' 싶은 마음과 함께, 엉뚱하게 망상에 망상을 거듭해서 '차라리 이북에서 김일성이가 쳐내려와서 확 쓸어버리고 있는 놈 다 죽여버리고 없는 놈끼리 새로 판을 짜서 시작한다면 나도 뭔가 할 수 있지 않을까?' 하는 그야말로 어처구니없는 생각까지 했을 정도였습니다.

이대로는 안 된다는 생각을 했습니다. 수소문을 했습니다. 군밤 하면 누가 고수인가? 어떤 세상이라도 고수가 있기 마련입니다. '인생도처유상수人生到處有相上手'입니다. 종로2가 관철동 한국기원 앞에 가면 대한민국에서 군밤 잘 굽기로 손가락에 꼽는다는 형님이 있다는 말을 들었습니다. 무작정 찾아가서 '기술' 전수를 간청하며 통사정을 했습니다. 그러나 나 역시 입장을 바꾸어 생각하면 마찬가지겠습니다만, 돌아온 것은 싸늘한 냉대뿐이었습니다. 세상에 어떤 미친놈이 고생고생해서 터득한 일종의 비밀이자 자신의 생계 줄을 알지도 못하는 놈에게 덥석 쥐여주겠습니까.

나는 그날부터 무조건 100일 치성을 들인다는 심정으로 그 형님에게 공을 들였습니다. 내가 한 끼를 굶을지언정 없는 돈을 쪼개 자장면과 우동으로 연일 점심을 대접했습니다. 저녁이면 하루가 멀다 하고 찾아가서 소주잔을 기울이며 내가 할 수 있는 최대한의 대접을 아끼지 않았습니다. 그저 먹고살게 살려달라고 했습니다. 나름대로의 환심을 사기 위한 처절한 '감동 작전'에 나선 것이었습니다.

결국 그 형님도 격랑에 쓸려 떠내려가는 가엾은 목숨 하나 살려달라고 열정적으로 매달리는 나의 행동에 감복했는지, 친동생처럼 때로는 제자처럼 대하며 마음을 열고 군밤에 관한 노하우를 빠짐없이 전수해주었습니다.

나는 그때 장차 내 인생을 바꾸게 될 교훈을 얻었습니다. 그것도 아무리 작은 의미의 사업이라고 해도 그 속에 이치가 다 들어 있다는 것입니다. 중국 속담에 "참새가 비록 작아도 오장육부는 다 갖추고 있다"라는 말이 있습니다. 하찮은 일이라도 연구나 분석을 하면 충분한 교훈을 얻을 수 있는 법입니다. 군밤 장사가 뭐 대단한 것이 있나 싶었지만, 원자재 구매(밤을 사는 것), 제조(밤을 굽는 것), 판매(고정 손님 관리. 특히 가까운 사무실의 아가씨), 조직 내의 인간관계(군밤 장수 세계의 영역 구분과 분쟁 – 당시는 명동 입구 구 내무부 쪽 자리가 명당이었습니다) 등 그 세계를 철저하게 배우고 그 나름의 인맥 관리를 하지 못하면 백전백패百戰百敗할 수밖에 없습니다.

손바닥만 한 리어카에 의지하는 군밤 장수의 세계에도 원자재인 밤을 싸게 사들이는 것부터 고정 손님 확보를 위한 지혜, 군

24

밤 판매인 조직 내의 인간관계를 비롯해 '천적'이라고 할 단속 경찰관들과의 관계까지 엄청난 노하우를 철저히 배우지 않으면 살아남을 수 없다는 것을 깨달았습니다.

군밤 스승인 형님은 노하우 전수는 물론 이후로 인생의 후원자 역할까지 서슴지 않았습니다. 내가 형님의 마음을 살 때까지 기울였던 인간적인 '감동 작전'이 얼마나 값어치 있는 것이었던가를 나는 뼈저리게 깨달았습니다. 그리고 사람을 감동시키는 것보다 더 아름다운 행위는 없다는 것도 어렴풋이 알게 되었습니다. 이후로 내 군밤 매출액이 물 뿌린 후 콩나물처럼, 비 온 뒤의 대나무밭 죽순처럼 쑥쑥 커나갔습니다.

아울러 어떤 일이 해결될 때까지 해결의 실마리를 가진 당사자를 철저하게 물고 늘어지는 것, 그러기 위해서는 그 사람의 마음을 완전히 사로잡는 것만이 답이라는 것을 알았습니다.

군밤 하나에 우주와 철학이
담겨 있습니다

내가 운영하는 동아전기공업(주)의 "지금 이 순간 최선을 다하라. 행동하기 전에 생각하는 자세로 미래를 준비하라. 내가 못하면 남이 잘하도록 도와주자"라는 사훈은 군밤 장사에서 배운 교훈에서 출발하며, '군밤 형님'부터라고 할 수 있습니다.

처음에는 나를 경쟁 상대로 생각한 형님은 오직 경계, 거부의 반응뿐이었습니다. 그러나 자꾸 찾아가서 형님이라고 부르면서 인간적인 순수함으로 접근하니, 세상에 그런 사람이 있을까 싶을 정도로 잘 대해주고 측은지심으로 나를 지도해주었습니다.

영화 〈서편제〉에 나오는 스승이 제자를 위해 자기의 모든 것을 버리고 신명을 바쳐서 소리를 가르치듯이, 그 형님도 나에게는 아무런 조건 없이 자신이 가진 모든 것을 가르쳐주었습니다.

누군가가 "남자는 자기를 인정해주는 사람을 위하여 목숨을 바치고, 여자는 자기를 사랑하는 사람을 위해 단장을 하고 옷깃을 여민다"라고 했는데, 내가 그 형님을 진심으로 의지하고 따랐기에 그 마음을 들여다본 형님이 모든 부분에서 부모님같이 헌신적으로 나를 돌보아주었던 것입니다.

그렇게 내게 큰 변화가 일어났습니다. 형님의 도움으로 종로 바닥에서 내가 굽는 군밤이 제일 상품 가치가 있다고 소문이 난 것입니다. 그야말로 청출어람靑出於藍이었습니다. 또한 군밤 원자재 구입도 획기적으로 바꾸었습니다. 당시 나는 밤 한 말을 1,300원 주고 구입했는데, 그 형님은 똑같은 밤 한 말을 900원을 주고 사고 있었습니다. 알고 보니 같은 도매상에서 밤을 구입했는데, 나는 상인끼리 사용하는 암호를 모르니 최종 소비자 가격으로 구입했던 것입니다. 그런 세세한 것까지도 하나하나 배우면서 나는 군밤 장사의 전문가로 거듭나고 있었습니다.

언젠가 내가 전쟁이 터져버렸으면 좋겠다고 이야기했습니다. 그랬더니 그 형님은 아무리 군밤을 팔아서 먹고사는 인생이라도 자기만의 확고부동한 원칙 속에 자기만의 철학을 갖고 있어야지, 자신이 어렵다고 세상을 회색빛으로 바라보면서 현실에 적응하지 못하면 어떻게 하느냐며 좋은 말로 다독여주었습니다. 그러면서 어떤 좋은 세상이 다가오더라도 기회를 잡을 수 없으면 절대로 성공할 수 없다고 하며 이렇게 말해주었습니다. 40년이 지난 지금도 그 목소리와 눈빛을 기억합니다.

"이보게, 광수. 젊은 자네에게는 지금의 이러한 고통의 세월

이 겸손의 선생이요, 인내의 선생이며, 새로운 세상에서의 현실 적응의 기막힌 배움터이니 불평불만을 가지지 말게나. 우리가 비록 하찮은 군밤 장수라고 하지만, 여기에서 일등을 하면 자네의 인생은 그것으로도 일등이 되는 것이네. 그리고 그 삶은 회색빛이 아닌 핑크빛이라고 불러도 좋지 않겠는가. 매사 주어진 여건과 환경 속에서 항상 감사하는 마음을 가지게나."

지금이야 너무나 아름다운 말이고 나를 이끈 빛 같은 말이지만, 당시는 말이 좋아 그렇지, 서울의 추운 겨울 음산하고 그늘진 빌딩 숲 사이 길가에 세워놓은 군밤 리어카에서 배고픔을 달래던 사람이 받아들이기에는 너무나 장밋빛의 말이었습니다. 인간적 냉대와 질시 속에서, 그리고 마음속은 자학에 가까운 사회 비판론자 상태에서 그러한 여유 있는 표현과 행동이 쉽게 나올 수 있을까 생각하면, 그 형님은 성경에 나오는 천사와 같은 사람, 옛날 저 깊은 산속에서 홀로 살아가는 도인 같은 사람이 아니었나 싶기도 합니다.

그러나 고통스럽고 서럽지만 그 방식대로 적응하다 보니 나 자신도 모르게 서서히 봄눈 녹듯 변해가고 있다는 것을 느끼게 되었습니다.

어느 책에서 읽은 찰스 스펄전Charles Spurgeon 박사의 글 중에서 "촛불에 감사하면 전등불을 주시고, 전등불에 감사하면 달빛을 주시고, 달빛을 보고 감사하면 태양빛을 주시고, 태양빛에 감사하면 천국을 주신다"라는 이야기가 머리를 스치고 지나갔습니다.

그러면서 인생살이라는 것이 결국 철학이고, 이 철학이 고매한 철학자의 책과 머리와 서재에만 있는 것이 아니고, 열악한 조건에서도 항상 감사하는 마음으로 현실에 적응하면서 실존하려는 우리네 치열한 삶 자체가 철학이구나 하는 생각을 했습니다. 그렇게 깨닫고 살면 자연히 남에게 좋은 인상으로 남을 것이고, 좋은 인상을 보여주면 모든 사람들이 나를 향해 웃음 짓는 협조자가 될 것이라고 생각합니다.

학교 때 배운 것, 살면서 배운 것

고등학교 다닐 때 '경제원칙Economic Principles, 經濟原則'을 배웠습니다. 다 잘 아는 내용이겠지만 경제원칙이란 최소의 비용을 들여서 최대의 효과를 얻는 것입니다. 이것은 경제 3원칙으로 나눌 수 있습니다. 일정한 효과를 올리는 데 최소의 비용 또는 희생을 지불하려는 최소 비용 원칙, 일정한 비용으로 최대의 효과를 올리는 최대 효과 원칙, 비용·효과가 일정하지 않을 때 그 차이를 최대로 하려는 최소 비용 최대 효과 원칙입니다.

그런데 사실 경제원칙은 보다 적은 비용으로 보다 많은 이윤을 내는 것, 즉 최선을 다하는 것이라고 한 줄로 요약할 수 있습니다. 경제원칙을 경제에만 적용하고 사는 사람들이 대부분이지만, '최선을 다한다'는 말은 어쩐지 경제에만 국한된 말은 아닌 것 같습니다.

일반론적 경제원칙은 비용(돈)을 적게 쓰는 것이지만, 나는 생활의 경제원칙에서 이 비용이 '때time, 時'라고 생각합니다. 흔히 애들을 보고 '철'이 없다는 말들을 하는데, 마찬가지로 어른들도

'때'를 모르고 분위기도 읽지 않고 객관성도 없이 자기 기분과 감정대로 처신하면서 분위기를 망치는 사람이 비일비재합니다. 각자가 반성해야 한다고 생각합니다. 정말로 이웃에게 피해를 주지 않으려는 마음가짐이 필요합니다.

나는 인간 생활에 경제원칙을 적용하고 배우는 것이 경제학상의 경제원칙을 배우는 것보다 더 중요하다고 생각합니다. 그러면 인간 생활에서 경제원칙의 가장 중요한 것은 무엇일까요? 그것은 내가 과연 이 자리와 이 상황에 나서야 할지 말아야 할지 아는 것에서 출발합니다. 그리고 꼭 나서야 할 자리라면 내가 나섬으로써 그 분위기와 환경에 유익한 행동을 하는지 판단할 줄 알아야 합니다.

가령 회사 직원들과의 만남, 조직의 상하 관계, 친구들 모임, 업무상 영업에서 상대방의 기분과 감정을 잘 읽어서 이야기할 '때'를 알고 행동해야 목적하는 일을 성공할 확률이 높지, 천지분간 못하고 내 뜻만 전달하려고 한다면 일을 성사할 확률이 지극히 낮기 때문입니다. 이야말로 철없는 아이의 행동과 무엇이 다르겠습니까. 그러므로 일을 성사하는 것의 80%는 미사여구를 잔뜩 늘어놓는 것이 아니라, 상대방이 나의 이야기를 가장 잘 받아들일 수 있는 분위기(때) 파악을 잘하는 것이라고 할 수 있을 것입니다.

현재 이 순간에 최선을 다하자

회사의 사훈이며, 동시에 나의 좌우명으로 삼고 행동하는 것이 있습니다. 그것은 어제도 내일도 아닌 오늘 '지금 이 순간 최선을 다하라'는 것입니다. 리얼하게 표현하면 내 눈이 머무는 곳마다 최선을 다하는 것입니다. 우리 인생은 짧게 보면 하루는 24시간, 한 달은 30일, 1년은 365일, 봄 여름 가을 겨울의 규칙적인 반복처럼 보입니다. 그러나 사실은 하루하루, 순간순간이 판단의 연속이고 결정의 과정입니다. 그런 판단과 결정마다 '최선의 점'을 찍어가야만 그 점이 모여서 최선의 선이 그어지는 것이요, 최선의 선이 이어진 것이 결국은 자기 인생의 역사가 될 것입니다.

그러면 과연 최선이란 어떤 것일까요? 밥을 먹을 때도, 차를 운전할 때도, 업무를 볼 때도, 손님과 이야기할 때도, 회의를 할 때도, 술을 마실 때도, 하다못해 화장실에서 용변을 볼 때도 순간순간마다 최선과 차선이 있을 것입니다. 그리고 모든 순간에 최선을 다하는 습관적 행동이 자기를 한 차원 높게 향상시키는 지름길이 됩니다.

내가 항상 이런 논지로 친구들에게 이야기하면 친구들은 이렇게 말합니다.

"김광수, 웃기는 소리 하지 마라. 너는 과거에 세상에 못된 짓 골라 하고 남 가슴 아픈 소리도 많이 하면서 최선은커녕 최악으로 살아놓고 그런 소리 하냐?"

그렇습니다. 나도 그런 힐책에 100% 동의합니다. 그리고 그런 최악의 날이 있었기에, 최선으로 살려는 마음이 더 강했습니다. 지금은 많은 분들이 최선으로 살려는 나의 삶을 곱게 봐주십니다. 만약 최악의 삶을 벗어나 매 순간 이렇게라도 노력하지 않았다면 과연 김광수는 어떤 사람으로 변해 있을까를 생각하면 등골이 오싹하고 식은땀이 날 정도입니다.

그도 그럴 것이, 당시 고향에서 철없고 최악으로 살았다고 남에게 손가락질받은 친구들의 80%는 이미 병들어 죽었고, 남아 있는 친구들은 불행히도 여전히 그때의 구태를 벗지 못하고 부모 형제에게 고통의 짐을 지우고 있기 때문입니다.

핑계라고 해도 좋습니다. 그러나 정말로 사람은 처음부터 완벽할 수 없습니다. 아니, 어쩌면 완벽하게 태어나지 못했기 때문에 보다 미래 지향적으로 자기를 승화해나가는 참다운 삶의 항로를 찾는 기쁨이 존재하는지도 모르겠습니다.

다만 여기서 내가 말하는 '최선'은 자신에게 엄격히 맞춘 것입니다. 스스로에게는 빡빡할 정도로 삶의 원칙을 평가하고, 상대 방에게는 다소 여유 있고 인간미 있는 모습으로 대응하고 처신해야 하는데, 아쉽게도 반대인 경우가 대부분입니다.

흔히 말하는 것처럼 '내가 연애하면 로맨스이고, 다른 사람이 연애하면 불륜 내지는 스캔들'이고, '내가 실수한 일은 병가지상사니 하면서 너그럽게 용서하고, 다른 사람이 실수하면 일벌백계로 다스려야 한다면서 용서하지 못하는' 이율배반 속에 살아가고 있습니다.

정말 반성해야 합니다. 군밤 장사를 하던 시절, 고달프고 답답한 나의 현실을 새로운 삶에 대한 도전의 장이라고 여기고, 비록 하찮은 군밤 굽는 기술이지만 최선을 다해 배웠습니다. 고통의 순간순간이었지만 그만큼 큰 교훈이 되었고, 어떻게 살아가야 하는지 삶의 방법과 지혜를 터득하도록 나를 이끌었습니다. 그리고 비록 군밤 장사를 할망정 상대가 누구든 좋은 이야기를 귀담아듣기를 게을리하지 않았던 것이 내 삶의 새로운 최선을 향한 훌륭한 준비 과정이 되었습니다. 그렇게 나는 최악에서 최선까지 피눈물 나게, 발바닥이 다 까지도록 달려왔습니다.

역경이 약입니다

역경의 반대말은 순경順境이지만 이 말은 잘 쓰지 않습니다. 대신 역경을 '딛고 일어서다'라는 말을 더 많이 씁니다. 일종의 관용어입니다. 나도 말 그대로 딛고 일어섰습니다.

군밤 장사를 하던 시절. 경찰들이 모든 통로를 막고 노점상을 이 잡듯이 단속하는 것을 일본말로 '후리가리'단속이라고 합니다. 일제 단속 등 실적을 위해 사람들을 강제로 잡아오는 것을 가리키는 속어입니다. 리어카를 끌던 시절, 경찰들의 후리가리 단속은 주로 종로2가에서 종로5가까지 이루어졌습니다. 이를 피하려면 주변 상인들과 관계를 잘 맺고 서로 정보를 교환해야 하므로 그 세계를 철저하게 배우고 그 나름의 인맥 관리를 해야만 했습니다. 그런데 나는 그것을 미처 모르고 그저 신나게 군밤을 팔았습니다. 그러다 결국 단속에 걸렸습니다.

일이 고약하게 된 것이, 누구 한 명에 의한 단속이 아니라 합동 단속이라서 누구도 봐줄 수 없는 상황이었습니다. 결국 하나뿐인 삶의 밑천을 빼앗겼습니다. 종로2가 어디쯤의 도로 바닥에

무릎을 꿇고 통사정을 했습니다.

"아저씨. 경찰 아저씨. 제가 경상도 마산에서 왔는데요, 이 리어카 빼앗기면 저는 죽습니다. 한 번만 봐주세요. 저는 이거 없으면 내일이라도 당장 굶어 죽습니다. 서울에 아무도 없습니다. 저한테는 이 리어카 하나뿐입니다."

눈물 콧물을 흘리며 손이 발이 되도록 빌었지만, 너무나 단호한 경찰관의 모습에 '절망'이란 이름으로 속이 새카맣게 타들어 갔습니다. 그때 눈이 뒤집히는 일이 생깁니다. 당시 리어카에 구워놓았던 군밤이 3줄 있었습니다. 1970년대 자장면 한 그릇이 100원 하고, 시내버스 요금이 15원, 1974년 지하철 1호선 요금이 30원 하던 그 시절에 군밤은 20알에 100원 했습니다. 그런 군밤이 단속 시비 속에 바닥에 떨어져서 이리저리 나뒹굴기 시작한 것입니다. 지나가던 사람들에게 밟히고, 택시 바퀴에 뭉개지고, 하수구로 들어가는 등 온 거리에 나뒹굴게 된 군밤. 하늘이 무너지고 마음이 부서지는 기분이었습니다.

다른 사람은 어떨지 몰라도 군밤 한 톨은 내 자존심이었고, 내 미래의 꿈이었고, 팔다 남은 녀석은 나의 유일한 저녁 식사였기 때문이었습니다. 누가 말릴 틈도 없이 정신을 놓은 나는 경찰에게 옆에 있던 플라스틱 의자를 던졌습니다. 그리고 공무집행방해죄로 일주일 구류를 살았습니다. 구류를 살고 일주일 만에 나오니 서울에 몸뚱이 하나만 달랑 남은 내가 있었습니다. 세상이 전부 다 나를 돕기는커녕 부정하는 것 같았습니다.

이놈의 세상은 분명히 나의 원수다. 그렇지 않고서야 이렇게까지 나를 괴롭히고 악랄하게 대할 리가 있는가. 이놈의 세상, 있는 놈 다 죽이고, 없는 놈끼리 새 판 짜서 한번 살아보자. 그렇게 매일 저녁 세상을 원망하며 술로 지냈습니다. 그렇게 일주일 정도 술을 먹고 나니 내가 이렇게 살아서 뭐하나, 무슨 희망이 있나 하는 약한 생각에 빠져서 한강 다리까지 걸어가게 되었습니다. 넓은 강물에 나 하나 뛰어든다고 세상이 알아주기나 할까, 참 가련하다 싶어서 눈물이 절로 났습니다. 그러다 고개를 들었습니다. 그런데 술에 취한 채 문득 바라본 하늘에 어쩐 영문인지 돌아가신 할머니 얼굴이 또렷하게 나타났습니다.

'할매, 기다리소. 죄송합니더. 고마 지도 따라갈게예.'

바로 그때 거짓말처럼 할머니의 목소리가 내 정수리를 통해 가슴 끝까지 찡하게 울렸습니다.

'광수야, 힘들재? 힘들 끼다. 그러나 우짜겠노. 젊어서 고생은 사서라도 한다고 안 하더나. 지금 겪은 이 시련과 고통이 도저히 견딜 수 없는 아픔이고 참을 수 없는 절망이라꼬 니는 생각하겠지만, 아이다, 광수야. 영원히 그렇지는 않다. 이 할매가 허튼소리 하는 거 봤드나. 그라이 광수야. 이 고통을, 이 아픔을 원망만

하지 말고, 우짜든지 반대로 세상에 감사하며 살아가 봐라. 이겨
내야 한다. 명심해라. 영원히 힘든 일은 없다. 알았재, 광수야.'

그 소리를 듣고 그 자리에 주저앉아 한참을 울었습니다. 정신
을 차렸을 때 수없이 많은 차들이 여전히 내 옆을 매정하게 스쳐
지나갔지만, 나는 더 이상 춥지 않았습니다. 밤하늘에 뜬 밝은 달
이 할머니의 마음처럼 따뜻하게 나를 어루만지고 있었기 때문이
었습니다.

그렇게 숙소로 돌아왔습니다. 이전까지는 저주스럽기만 했던
산꼭대기 판잣집에 사글세로 얻은, 쪼그리고 누울 한 칸 방이 그
렇게 정다울 수가 없었습니다. 들어오자마자 잠이 들었고, 잠에
서 깨어 다시 곰곰이 생각해보았습니다.

이게 도대체 무슨 뜻일까. 생각을 하고 또 하다 보니 할머니
가 하신 말이 구구절절 옳다는 것을 알았습니다. 그래서 마음을
고쳐먹었습니다. 술을 딱 끊고 다시 일을 하기 시작했습니다. 나
중에 살 때 힘이 된다면 지금의 이것을 받아들이자고 생각했습
니다. 달게 받아들이자고.

'그래, 내가 원망하고 살면 뭐하겠노. 그럴 시간에 고마 마음
이라도 편하구로 감사하자.'

그때부터 감사의 마음을 품었습니다. 모든 것에 감사, 큰일이
든 작은 일이든 이유를 불문하고 감사하기 시작했습니다.

세상에 보름달 같은 인생은 없습니다

망치와 도가니가 큰 돌을 깨고 녹여서 금을 만들고 옥을 다듬습니다. 역경과 곤궁은 사람을 단련해서 쓰임새가 있게 만드는, 사람을 위한 망치와 도가니 같은 것이라고 생각합니다. 금과 옥은 망치와 도가니로 단련된 다음에야 비로소 귀한 보배가 되고, 사람도 위기와 힘든 역경을 겪은 후에야 남에게 부끄럽지 않은 자신만의 업적을 이룰 수 있습니다. 두드려지는 단련을 받으면 육체와 정신이 함께 커나가지만, 단련을 받지 못하면 나태해져서 나중에 세상에서 만나는 무수한 맹수에게 잡아먹히거나 해를 입게 됩니다.

요사이 청년들이 말하는 3포 세대니 흙수저 인생이니 하는 말이 틀린 것만은 아닙니다. 가진 채로 태어나고 출발선이 다르면 이기기 힘듭니다. 그러나 이때 이긴다는 것은 100m 전력질주에서 90m쯤 앞서 있는 상태일 것입니다. 하지만 반대로 인생은 100m 전력질주가 아닙니다. 인생은 마라톤입니다. 그것도 42.195km가 아니라 끝날 때까지 거리가 정해지지 않은 무제한

거리의 시합입니다. 지나치게 두려워하거나 비관해서 달려보지도 않고 포기하는 것만큼 답답한 것도 없습니다.

부러운 것은 부러운 것이고, 자신은 자신입니다. 그렇게밖에 답이 없다면 그렇게까지만 생각하고 달려봅시다. 대단하고 부러운 사람도 뒤집어서 탈탈 털어보면 분명 누군가를 향한 부러움이 있기 마련입니다. 그래서 어느 누구의 인생을 되돌아보아도 '보름달 같은 완전한 인생은 없다'는 말이 있는 것입니다.

평생을 헤아리기도 벅찬 물질적 혜택을 받고 태어났지만, 육체적이거나 정신적인 장애인이 되어 있는 사람이 있습니다. 반면 두뇌는 엄청나게 좋지만 물질적인 여유가 없어서 위로 다섯 누나가 직장 생활, 공장 생활 해서 번 돈으로 학교를 다니고 성공하는 사람도 있습니다. 사람의 생애란 고르지 않은 것이 당연합니다. 모두가 똑같다면, 출발이 비슷하면 결과도 비슷하다고 결론지으면 오늘 당장이라도 삶을 멈출 사람이 부지기수일 것입니다.

그러나 그런 법칙은 없습니다. 천 명이 출발한다면 도착지도 천 개입니다. 보름달이 있다 해도 그것은 일생 중 잠시 잠깐의 일입니다. 초승달이었다가 보름달이 되는 사람이 있고, 그믐달이었다가 다시 보름달이 되는 사람도 있으며, 보름달이었다가 초승달이 되는 사람도 있습니다. 달도 차면 이지러지고, 이지러지면 차기 마련입니다.

우리의 행복은 완전하게 갖춰져서 당신이라는 사람조차도 필요 없는 깔끔한 정원이 아니라 빈 땅, 아직 자라지 않은 식물, 아직 다듬지 않은 나무가 즐비한 정원입니다. 그리고 내일 날씨가 태양이 빛날지, 아니면 비바람 속에 시련을 받을지 알 수 없는 일입니다. 그러나 분명한 것은 그 속에서 우리의 노력과 최선을 다한 시간을 통해 정원은 다시 태어난다는 것입니다.

망해버리라고 해봤자 자신만 망합니다

주위에는 항상 어두운 얼굴로 생활하는 사람들이 있습니다. 떠올려보면 몇몇 사람들이 생각날 것입니다. 그 사람들은 어떤 특징이 있나요? 혹시 여러분 자신인가요? 무엇이 당신이나 그 사람을 어둡게 만든 것일까요? 자신감이 없어서, 뭔가 부족하다고 생각해서, 가진 게 모자라서, 손해 보았다고 생각해서, 울화통이 치밀어서 등등 이유는 많을 것입니다.

그런데 이런 생각들은 모두 마이너스의 기운을 만들어냅니다. 즉, 부정적이라는 것입니다. 부정적인 것은 생각할 때마다 가슴이 답답해지고 머리가 아파오고 속에서 열불이 납니다. 당연히 몸이 건강해질 리가 없습니다. 그렇게 얼굴이 어두워지고 몸도 약해져갑니다. 약해진 사람은 다시 화내고 짜증 내는 일을 반복합니다. 반대로 우리가 그런 사람과 대화하고 일한다고 생각해보십시오. 같이 일하고 싶습니까? 같이 놀러 가고 싶습니까? 같이 무언가 맛난 것을 먹고 싶습니까? 아닙니다. 불편해서 같이 있고 싶은 마음이 사라집니다. 그러면 악순환의 고리가 빠르게 돌아갑니다. 점점 더 어두워진 사람은 점점 더 다른 이들에게 외면당하게 됩니다.

이렇게 되면 미래는 보지 않아도 뻔합니다. 사람들 대부분이 이미 과거의 문제로 괴로운 상황을 반복하고, 또 미래에 있지도 않을 어두운 일들만 생각하고 고민합니다.

그러나 반대로 몸과 인생에 대해 긍정적으로 생각하고 격려하고 즐겁게 살려는 사람에게는 현재와 매 순간이 신나기만 할 것입니다. 그러나 우리 주위에는 현재에만 몰두해서 사는 사람이 그리 많지 않습니다. 참으로 답답합니다.

시간이 지나서 생각해보니, 내가 긍정적이고 활력이 있을 때 표정이 점점 밝아지고 목소리도 힘이 있었습니다. 그리고 이럴 때 무슨 일을 해도 사람들이 나를 도와주려는 쪽으로 생각하고 행동하는 것이 느껴졌습니다. 밝은 마음으로, 긍정적인 마음으로 생활하면 좋은 일이 생기게 된다는 것은 내 문제가 아니라 남이 나를 보는 문제에 더 가깝다는 생각도 가지게 되었습니다.

유유상종이라고, 밝고 긍정적으로 생활하는 사람에게는 가까이 가고 싶은 법이고, 칙칙하고 냄새나고 불행해 보이는 사람 옆에는 가기 싫은 법입니다. 그런 사람 주변에 그런 사람들만 모이는 것은 당연합니다. 꼭 이익이 되는 사이가 아니라도 그 사람의 밝음, 긍정, 편함을 공유하고 싶은 것입니다.

"내 주위엔 이상하게 사람이 안 모이네. 사람이 없어"라는 말을 하는 사람은 이유가 자신에게 있다고 보십시오. 내가 이상한 것입니다. 마음이 어둡기 때문입니다. 누구도 어둡고 인상 쓰는 사람 곁에 가고 싶어 하지 않습니다. 찬바람이 도는 곳에 굳이 보따리 싸 들고 가서 함께 있고 싶은 사람은 없습니다. 그것보다는 봄바람이 산들산들 부는 사람 옆에서 자리 깔고 꽃놀이를 즐기는 편이 당연히 낫기 때문입니다.

내가 아무리 다 망하고 새 판을 짜자고 말해도 세상은 그렇게 되지 않습니다. 결국 나만 망하는 길로 접어드는 것입니다. 나쁜 감정에서 벗어난다는 것은 스스로 노력할 때만 가능합니다. 일단 벗어나면 주위 사람들에게 기쁨을 줄 수 있습니다.

타인을 미워하고 자신을 미워하고 싶지 않거든 스스로 미움을 만들지 말아야 합니다. 타인에게 던지기 위해 무언가를 손에 쥔다면 그것은 밤송이입니다. 멀리 던져서 타인을 다치게 하겠다고 꽉 쥐면 쥘수록 자신의 손이 더 많은 가시에 더 깊이 찔리는 것처럼, 타인을 미워하기 위해서 만들어낸 미움은 자신을 먼저 망가뜨립니다. 타인에게 욕하는 모습을 거울로 본 적이 있습니까? 남이 찍은 것을 영상으로 한 번이라도 보십시오. 어떤 기분이 드는지 아실 겁니다. 타인에게 욕설을 퍼붓기 위해서는 자신이 먼저 더러운 존재가 됩니다. 타인을 질투하고 시기하면 자신의 얼굴은 물론 마음까지 증오의 빛으로 검게 됩니다. 그렇게 해서 자신이 먼저 죽습니다.

'일사一事가 만사萬事'입니다

일을 하나 맡기면 그야말로 제대로 하는 사람이 있습니다. 반대로 일 하나도 제대로 못 하는 사람도 있습니다. 그것 하나만으로 사람을 평가하는 것은 어찌 보면 매몰차고 냉정해 보입니다. 그러나 "하나를 보면 열을 안다"라는 옛말은 확률적으로 그럴 경우가 더 높다는 지혜의 반영입니다. 따라서 내가 만약 한 가지 일이라도 똑 부러지게 하면 그것으로 내 삶의 출발점이 됩니다.

여기서 더 중요한 것은 그 한 가지 일이 남들이 하기 싫어하는 일, 자신이 하기 싫은 일을 솔선해서 하는 것이면 정말 좋다는 것입니다. 솔선수범하면 다른 사람에게 칭찬받고 평가도 좋아집니다. 주변을 둘러보면 뭔가 목표를 달성하는 사람은 남들이 하기 싫어하는 일, 혹은 그 사람조차도 진짜 1% 정도는 하고 싶지 않은 일이 아닐까 싶은 일을 합니다.

과일나무에서 달고 맛있는 과일만 내가 먹고, 벌레 먹은 것이나 덜 익은 것만 남에게 줄 수는 없습니다. 모두 함께 가져야 하고 따야 하는 성과들입니다. 과수원의 열매를 따고 난 다음에 처리해야 하는 일도 있는 법입니다. 모두가 일을 해서 피곤하고 하기 싫어진 상황입니다. 그럼에도 하고 싶지 않은 일을 누군가 해야만 하는 상황입니다.

단순히 과수원을 예로 들었지만, 우리가 살고 있는 세상과, 직장이나 돈을 받는 조직에서는 어떤 일이건 해야 합니다. 그럴 때 어차피 해야 할 일이라면 자신이 솔선해서 지원하고 빨리 처리하는 편이 낫습니다. 이렇게 먼저 나서서 하면 다른 사람들이 고마워하고 좋은 인상을 받습니다.

반대로 끝까지 하지 않으려고 발뺌하고 핑계를 대다가 결국 하면, 일은 일대로 하고 평가는 평가대로 엉망이 됩니다. 경우에 따라서 자신이 자꾸 그런 일을 하면 '호구'가 된다고 생각하는 사람도 있습니다. 그러나 내가 말하는 것은 사무실에 버려진 휴지를 줍는 것처럼 아주 간단한 것에서 출발합니다.

하기 싫은 일이라고 회피하거나 억지로 해서는 안 됩니다. 자발적으로 받아들여 빨리 끝낸다는 생각으로 하면 시간도 절약됩니다. 중소기업은 인력난이 심한 편입니다. 모두가 대단한 신입사원들이라서 간단한 일을 시키면 모욕감을 느낀다는 말도 들었습니다. 그러나 피해의식을 가지고 하지 않겠다는 생각보다, 이런 것부터 차근차근 해나가야 기본이 된다는 생각으로 일하면 활력이 생겨서 기분 좋게 일을 처리할 수 있습니다. 어쩌면 단순

계산을 할 수도 있고, 복사를 할 수도 있습니다. 회의실을 청소하고 세팅할 수도 있습니다. 이것들은 잡일입니다. 그러나 대기업에서도 하게 되는 잡일입니다. 그런데 이 일을 싫어하는 사람도 있을 것이고, 성심성의껏 열심히 하는 사람도 있을 것입니다.

결론부터 말하자면 후자가 전자보다 모자라거나 열등하거나 해서 그 일을 하는 것이 아닙니다. 명문 대학 출신자가 아니라서, 입사 성적이 나쁘고 엘리트 의식보다는 노예근성이 더 높아서 그 일을 하는 것이 아닙니다. 물론 하지 않는 사람은 그렇게 착각할지도 모르지만, 그야말로 대단한 착각입니다.

기본적인 일을 하는 시기가 있고, 상황과 사람과 친분을 맺는 시기가 있습니다. 그리고 무슨 일이건, 시킨 사람은 기억합니다. "든 자리는 몰라도 난 자리는 알고, 한 사람은 몰라도 시킨 사람은 아는 것"이 비즈니스 세계의 법칙입니다.

누가 알아주지 않아도 묵묵히 기본적인 일을 열심히 하며 일의 기초를 닦고 자신에게 맡겨진 일에 최선을 다하려고 노력하는 사람이 빛을 발합니다. 그러니 남들이 하기 싫어하는 일, 자신이 하기 싫은 일에도 적극적으로 나서고 최고가 되려고 생각하고 행동하십시오. 어떤 일이라도 지시가 떨어지면 전심전력으로 일하십시오. 당신이 그 시점, 그 공간, 그 사람, 그 회사에서 배울 수 있는 모든 삶의 경험을 흡수하고 또 활용하십시오. 그러면 반드시 성공할 수 있습니다.

젊은 시절 사람들이 싫어하는 일을 앞장서서 하고, 자신이 하기 싫은 일도 앞장서서 하고, 고생하면서도 밝은 얼굴로 부정적인 생각에 마음을 빼앗기지 않는 사람이 성공하지 못할 리가 없습니다.

젊은 시절 폼 나게 살고 싶다고 다들 말하지만, 그렇게 말하는 사람들 중에 정말 폼 나게 사는 사람은 드뭅니다. 젊은 시절은 물론이고, 나이가 들어서도 폼이 안 납니다. 그렇다면 차라리 젊은 시절에는 다른 사람이 싫어하는 일을 솔선해서 열심히 하고 폼이 조금 덜 나더라도, 나이가 들면서 폼이 나는 삶이 더 낫지 않을까요. 다른 사람들이 하기 싫어하는 일을 웃으면서 해보십시오. 밝은 마음으로 해보십시오. 자존심이라는 것이 만일 부끄러워한다면, 이것은 부끄러운 행위가 아니고 자신이 배우고 있는 단계이며 그릇이 큰 사람이 되고 있다고 생각하십시오.

나는 점쟁이었습니다

군밤의 세계가 가진, 단순하지만 나름 오묘한 진리를 터득한 나는 어느 날 다시 하늘을 보면서 자문해보았습니다. 부산 산동네를 오르던 그 시절부터 쭉 가졌던 질문이었습니다.

"저 많은 지상의 별 중에서 내 별 하나는 가질 수 있을까? 이렇게 군밤만 팔며 한평생을 살아야 한다면 저 별을 가지는 것은 조금 힘들지 않을까?"

하지만 신통한 해답을 얻지 못해서 답답한 마음에 당시 서울에서는 물론 전국에서 유명하다는 역학자를 찾아가게 되었습니다. 그리고 다른 사람들의 눈에는 보일 리 없었던 해답의 유레카가 그 집에서 튀어나왔습니다.

앞으로 일어날 일이나 사주, 관상, 궁합, 사업운 등을 보려고 순서를 기다리는 무수히 많은 손님으로 들어찬 점집 안에서 내가 찾은 답은 바로 계산이었습니다. 아무리 못해도 평일 오전에만 30명, 그렇다면 하루에는 최소한 50여 명. 복채가 그냥 평범하게 10~20분 정도 이야기 나누고 2,000원이었으니 당장 그 수입만 계산해도 10만 원이었습니다. 당시 돈으로 하루 10만 원은 대단한 액수였습니다. 기억하기로 자장면 값이 500원. 나는 추운 겨울밤을 꼬박 새우며 군밤 팔아서 자장면 5~10그릇 값을 겨우 버는데, 여기서는 따뜻한 아랫목에 앉아서 하루에 자장면 200그릇 값을 벌고 있었던 것입니다. 이거다 싶었습니다. 내가 왜 군밤 장사를 했던가. 그러고는 점 보러 간 자리에서 장안에서 이름난 역학자에게 큰절을 올리고 제자가 되겠노라고 했습니다.

어떻게 되었을까요? 당연히 미친놈 취급을 받았습니다. 그러나 나는 군밤의 노하우를 알아내기 위해 그랬듯이, 다시 역학, 사주, 관상을 배우기 위해 피나는 노력을 했습니다. 종잣돈까지 탈탈 털어서 수업료로 지불하고, 역학원의 마당 쓰는 청소부터 온갖 잡일과 더러운 화장실 청소 등 모두 다 내가 하겠노라고 했습니다.

다만 딱 하나, 상담하는 것을 카세트로 녹음하게 해달라고 청했습니다. 그것이 허락되어서 나는 낮에는 역학원을 찾은 손님들을 응대하고 청소를 하고 밤에는 녹음된 카세트테이프를 밤새워 듣고 또 들었습니다. 주말에는 아침 일찍 종로 헌책방 거리에 나가서 역학 관련 책이란 책은 다 읽고, 정말 사야 할 것은 아껴둔 돈으로 또 사서 읽었습니다. 수백 권의 책을 읽고 또 읽었습니다.

누군가 그러더군요. 난다 긴다 하는 머리를 가진 사람도 어려운 역학을 고졸 출신의 당신이 어떻게 공부했느냐. 그런데 사람들이 모르는 것이 있습니다. 때때로 노가다판에서 30세까지 막 노동하다가도 고시 공부 2년 만에 1, 2차 한 번에 붙는 사람들이 있습니다. 이건 머리로, 머리만으로 해서 얻은 결과가 아닙니다.

지능지수를 이길 수 있는 것이 있는데 바로 절박지수입니다. 진정 절박하면 안 되는 것이 없기 때문입니다. 남이 10년에 할 것을 3년에 끝낼 수 있었던 것은 절박했기에 가능했던 결과입니다.

물이 가득 든 대야를 들고 사람들이 복작거리는 시장을 한 바퀴 돌아 나오라고 시킵니다. 그런데 이때 물을 쏟으면 죽는다고 하면, 아마 시장에 있는 어떤 미인도, 아름다운 비단도, 맛있는 음식도 눈에 들어오지 않을 것입니다. 오직 그릇의 물에만 집중하게 될 것입니다. 심한 말로 똥구멍에 불이 붙으면 안 될 일이 없습니다. 그것은 타고난 재능을 이기는 가장 강력한 능력이 되어줍니다.

절박한 노력과 타고난 입심이 더해져 나는 유명세를 타기 시작했습니다. 2년 만에 독립했습니다. 서울 중구 신당동 중앙시장 부근의 백상빌딩에 차린 철학원에는 사람들이 1년 열두 달 바글바글했습니다. 현직 장관부터 정치인, 경제인, 유명인 들은 물론, 이름만 대면 누구나 다 알 만한 영화배우, 탤런트, 인기 코미디

언, 세계챔피언 권투 선수까지 줄을 이었습니다. 거기다 그 당시 대한민국 최고의 월간지라고 할 만한 〈야담과 실화〉, 〈아리랑〉, 〈코리아 타임〉 지에 '스타들의 관상'이라는 제목으로 원고를 연재하면서 마케팅까지 더해져서 그야말로 최고의 역술인이 되었습니다. 당시 초등학교 교사 출신인 아내와 연애할 때 초등학교 교장이셨던 장인어른께서는 5년 안에 직업을 바꾸면 당신의 딸과 결혼하는 것을 허락한다고 하셨습니다. 그래서 장인어른과의 약속대로 딱 5년만 역술인으로 활동했습니다. 그리고 물론 상당히 많은 돈을 벌었습니다.

끈으로도 나무를 자를 수 있습니다

절박하면 가능한 것들이 있습니다. 영화에서 보면 주인공 남
녀가 탈출하기 위해서 등 뒤로 손목을 묶인 줄을 나무에 문질러
서 끊는 장면이 종종 나옵니다. 족히 서너 시간을 넘게 나무기둥
에 문질러대면 끈보다 손목이 먼저 너덜너덜해지고 피부가 쓸려
서 피가 날 것입니다. 그러나 그래도 합니다. 아프고 쓰라리지만,
죽는 것보다는 낫기 때문입니다. 절박함은 생명을 걸고 백척간
두에 서서 뛰는 것입니다. 서 있는 발밑에서 칼이 찔러대니 뛰어
야만 살 수 있습니다. 그런 절박함이 때때로 사람을 완전히 탈바
꿈시키기도 합니다.

실제로 가는 노끈을 손에 쥐고 계속 톱처럼 문지르면 단단한
나무도 벨 수 있습니다. 작은 물방울이 오랜 세월 동안 떨어지면
단단한 돌에도 구멍이 납니다. 강철로 된 칼로 고기나 생선을 썰
어도 오랜 시간이 지나면 칼이 절반쯤 사라집니다. 이것이 자연
의 이치입니다.

부단하게 노력하면 이루지 못할 것이 없고, 없애지 못할 것

도 없습니다. 세상에 못 하는 것, 할 수 없는 것은 하나도 없습니다. 너무나 당연한 말이지만 인생은 뜻대로 풀리지 않는 경우가 술술 풀리는 경우보다 최소한 열 배쯤은 많습니다. 그러니 살다 보면 이런저런 어려움과 좌절은 당연한 통과의례입니다. 이 통과의례라고 할 수 있는 고난과 고통과 좌절과 절망 등의 종합 선물세트(나는 이것을 선물이라고 하겠습니다. 누가 그러더군요. 현재present는 최고의 선물present이라고)와 싸워 이길 능력과 용기를 '역경지수'라고 부르기도 합니다.

불과 30~40년 만에 대한민국은 대학 졸업이 기정사실화되고 석사와 박사가 넘쳐나는 시대가 되었습니다. 외국 유학생이 한 도시에 하나 있으면 플래카드가 걸리고 지역 신문에 나던 시절에서, 외국 유학을 가지 않는 사람이 드문 시대를 향해 가고 있습니다. 그야말로 학벌이 좋은 사람들이 바글바글한 시대입니다. 이런 사람들은 대부분 지능지수가 높습니다. 그래서 상식적으로 생각하면 머리가 좋은 만큼 더 뛰어난 성과를 거두어야 할 것 같지만, 현실 속에서는 지능이 늘 성공으로 이어지지는 않습니다.

인생의 계산 혹은 셈법에는 항상 변수가 있기 마련이기 때문입니다. 상수만 존재한다면 계산할 필요도 없이 답이 정해진 세상에서 우리가 무슨 희망으로 내일을 기다리겠습니까. 무슨 희망으로 열심히 절박하게 살겠습니까. 변수가 있기 때문에 세상에 도전해보는 겁니다. 그 변수 중 하나가 바로 절박지수라고 생각합니다.

사막에서 모래에 머리를 묻는 타조나, 작은 끈으로 발목을 묶인 코끼리의 예를 종종 책에서 만납니다. 어려움이 닥쳤을 때 해결하려는 것이 아니라 도피하고 포기하는 모습, 자신의 힘을 스스로 줄이는 모습은 동물에서만 발견되는 것은 아닙니다. 우리는 눈앞의 고통이나 시련에 겁을 먹고, 정면으로 부딪쳐 도전할 생각조차 하지 못하고 도망치는 경우가 더 많습니다. 그런데 산다는 것은 또 그런 일을 만날 확률이 높은 게임 같은 것입니다. 다음에 또 만나도 무사할 수 있을까요? 피하거나 도망치는 것이 정답일까요?

진정으로 내 능력을 시험해볼 기회가 주어진다면 피하지 말고 도전해봅시다. 세상일이 뜻대로 되지 않을 때가 많다는 사실을 잘 안다면 누구도 자신의 인생이 평생 순탄하리라 장담할 수 없다는 것도 알 것이고, 굴곡 앞에서 생존하는 법은 돌파구를 찾는 법뿐임을 알아야 합니다. 절박하게 말입니다.

부정의 유서를 쓰고
죽으려거든 죽지 마세요

죄송한 말씀이지만 유서 쓰고 죽는 사람치고 긍정의 유서를 쓰는 사람은 없습니다. 자살하려는 사람은 긍정적일 수 없기 때문입니다. 그런데 반대로 이렇게 한번 생각해보십시오. 지금 스스로가 부정적이라면, 긍정의 유서를 쓰고 죽겠다는 생각으로 한번 그런 유서를 쓸 때까지 살아보면 어떨까 하고요.

나는 예전에 있는 놈 다 죽이고 없는 놈끼리 새 판 짜서 다시 살아야 한다는, 부정적이고 말도 안 되는 생각을 하면서 세상을 저주했습니다. 그렇게 유서를 쓰지는 않았지만 그런 생각으로 죽을 마음을 가지고 한강을 찾았습니다. 그런데 그런 유서를 쓰든지, 쓰지 않든지 세상에 바뀌는 것은 없었습니다.

'To be or not to be, that is the question.'

죽는다는 것과 산다는 것은 지금도 여전히 문제입니다. 한쪽에서는 죽지 못해서 산다고 하고, 다른 한쪽은 개똥밭에 굴러도 이승이 좋다고 합니다. 내 입장은 '개똥밭에서 구르지 않는 이승을 위해서 살아간다' 정도가 되겠습니다.

만약에 우리에게 남겨진 시간이 1년뿐이라면, 아니 한 달뿐이라면 그 기간을 버티기가 그렇게 어려울까요? 남겨진 시간이 이것뿐이라면 대부분 너무나 당연하게 세상을 저주할 것입니다. 욕하고, 나쁘게 말해서 마구잡이로 살다가 갈 수도 있습니다. '왜 나만 빨리 죽어야 하지? 나보다 훨씬 나쁜 놈들은 저렇게 건강하고 편하게 잘만 살고 있는데 말이야' 하고 억울해할 것입니다.

그러나 사람들 대부분은 1년 내내 술 먹고 죽어라고 저주를 퍼붓다가 죽음을 맞지는 않을 것입니다. 결국은 자신이 미친 듯이 하고 싶었던 것, 좋아하는 것, 하고 싶었지만 미루었던 그 '무엇'에 남은 삶을 다 바칠 것입니다. 하루하루를 음미하듯이 이를 악물고 살 것입니다. 어떤 삶일지는 각자에게 달려 있겠지만, 상황은 어차피 비슷합니다.

그렇다면 왜 지금, 오늘, 당장 하지 않습니까? 지금 이 순간이 중요합니다. 그리고 지금 이 순간 중요한 것은 어디까지나 인생을 더욱 열심히, 충실하게 살겠다는 목적으로 살다가 후회 없었다는 유서를 쓸 수 있을 때라야 비로소 죽을 자격도 있다는 것입니다. 괴로운 일을 하소연하기 위해, 자신을 스스로 협박하기 위해 고통스러운 말을 던지고 넋두리 같은 유서를 쓰는 것은 인생을 사는 데 어떤 도움도 되지 않습니다.

우리는 정말 우리의 가치를
알고 있을까요?

"나는 얼마야?"

손자가 제게 이렇게 물어본 적이 있습니다. 인간은 존엄성 때문에 값을 매길 수 없습니다. 그러나 때때로 어떤 사람의 삶은 10억 원이고, 어떤 사람의 삶은 1천만 원이라고 매기는 짓을 하기도 합니다. 이렇게 매겨지고도 분한 기색이 없다면 그런 말을 들어도 쌉니다. 인간은 누가 누구를 평가해서 얼마라고 매겨지는 행위를 당할 만큼 약하거나 천박한 존재가 아니기 때문입니다. 그보다 훨씬 더 고귀하고 값진 존재입니다.

값을 매긴다는 것을 떠나서 사실 다른 사람을 평가하는 일은 매우 어렵습니다. 그런데 그것보다 더 어려운 것이 자신을 객관적으로 바라보고 평가하는 것, 타인의 평가를 받아들이는 것입니다. 사람들 대부분은 자신을 무조건 크게, 혹은 반대로 극단적으로 작게 평가하는 경향이 있습니다. 또한 자신이 알고 있는 사실이 진실이고, 자신은 절대 이용당하지 않으며, 대단히 지혜롭고 똑똑하다고 생각하지만, 대한민국에서 가장 많은 범죄는 사기입니다. 그리고 사기에 가장 많이 당한 사람은 의외로 고학력 소지자입니다.

어떤 여성들은 '나는 정말 예뻐' 하고 생각하고 언뜻언뜻 그런 제스처를 취하지만 혼자만의 생각일 뿐, 다른 사람은 아무도 그렇게 생각하지 않는 경우가 종종 있습니다. 그러면 여성은 세상 사람들이 자신을 미인으로 인정해주지 않는 이유를 생각하기보다는 '틀림없이 세상이 잘못된 거야' 하면서 세상 전체를 부정하는 식으로 생각이 비뚤어집니다.

《한비자韓非子》〈화씨편和氏篇〉에 다음의 이야기가 나옵니다.

중국 전국시대 때 초楚나라에 화씨란 사람이 있었습니다. 옥을 감정하는 사람이었던 그는 초산楚山에서 옥돌을 발견해 여왕厲王에게 바쳤습니다. 여왕이 옥을 다듬는 사람에게 감정하게 했더니 보통 돌이라고 했습니다. 여왕은 화씨가 자기를 속이려 했다고 생각하고 그의 왼발을 잘랐습니다. 여왕이 죽고 다음 왕으로 무왕武王이 즉위했습니다. 화씨는 또 그 옥돌을 무왕에게 바쳤습니다. 무왕이 옥을 감정시켜 보니 보통 돌이라는 답을 듣게 됩니다. 그러자 그도 화씨가 자기를 속이려 했다고 생각하고는 오른발을 자르게 했습니다. 무왕이 죽고 문왕文王이 즉위합니다. 화씨는 초산 아래에서 옥돌을 끌어안고 사흘 밤낮을 울었습니다. 문왕이 이 소식을 듣고 사람을 시켜 그를 불러, 천하에 발 잘리는 형벌을 받은 자가 많은데 어찌 그리 슬피 우는지 물어봅니다. 화씨는 발을 잘려서 슬퍼하는 것이 아니라, 보옥을 돌이라 하고 벌을 내린 것을 슬퍼하는 것이라고 말합니다. 이에 문왕이 옥돌을 다듬게 하니 천하에 둘도 없는 명옥이 나타납니다. 바로 '화씨지벽和氏之璧'입니다.

스스로에게 한번 물어봅시다. 화씨처럼 될 각오가 되어 있습니까? 내가 가진 가치가 충분히 크고 빛난다는 것을 목숨을 걸고 증명할 각오는 되어 있습니까? 화씨지벽이 되기까지는 더 갈고 닦아야 합니다. 자신에 대해 높이 평가하고 있는 점은 절반 이하로 겸손할 줄 알아야 하고, 평가절하해도 좋습니다. 반대로 다른 사람, 설사 적이라고 해도 좋은 점은 두 배 이상으로 평가해주어야 합니다. 상대의 겉으로 드러난 훌륭한 면은 빙산의 일각에 지나지 않는다고 생각하도록 노력해야 합니다. 빙산은 95% 정도가 물에 잠겨 있고 물 위로 보이는 것은 극히 일부분입니다. 그렇게 주의를 기울이면서 살아야 합니다. 물론 이것은 자신을 비하하라는 말이 결코 아닙니다. 자신에 대한 지나친 패배의식이나 과소평가는 자신감을 앗아갑니다. 나는 쓸모없는 인간이라는 열등감에 빠져서는 절대 안 됩니다. 자신의 가치를 높이 가지고 더 높일 수 있도록 노력하는 것만 말하는 것입니다.

인생에 전진 기어를 넣고 달려주세요

10년 전쯤 읽었던 책에 사과 이야기가 담겨 있었습니다. 어느 해 일본 아오모리 현에 태풍이 불었습니다. 수확을 앞둔 사과 거의 대부분이 떨어지면서 사과 농가가 큰 피해를 입었습니다. 이때 풍속이 54m/s였다고 합니다. 참고로 20m/s 정도면 큰바람이라고 부르는데, 이때는 작은 나뭇가지가 꺾이고, 바람을 안고서는 걸을 수 없을 정도입니다. 28m/s는 수목이 뿌리째 뽑힐 정도로 강한 바람입니다.

마을 주민들은 역발상을 합니다. 풍속이 54m/s인 강풍에도 떨어지지 않은 사과. 이미 떨어져버린 99%의 사과를 끌어안고 어떻게 해볼 생각을 한 것이 아니라, 반대로 떨어지지 않은 1%를 어떻게 팔 것인가의 긍정형 질문을 한 것입니다. 마침내 강풍에도 '떨어지지 않은 사과'라는 개념이 만들어지고, 때마침 곧 있을 대학 입시 합격 기원의 부적으로 판매하기로 합니다. 강풍에도 떨어지지 않았다는 것을 나타내는 증명서와 함께 선물 상자에 사과를 한 개씩 넣었습니다. 무려 30만 개가 넘는 사과가 '운運

에 강한 사과'라는 이름으로 팔리며 대성공을 이루었습니다.

앞서 말씀드렸지만, 인생은 쉽게 되는 것이 하나도 없습니다. 그렇다고 안 되는 것도 아닙니다. 해야 하는 것이고, 실패해도 다시 해야 갈 수 있는 여정입니다. 인생이 어떤 시련에 부딪힐 때, 사람은 크게 두 가지 사고방식 중 하나를 선택하게 됩니다. 부정 혹은 긍정.

부정이나 좌절이나 저주나 악담은 여행으로 말한다면 목적지를 앞에 두고 후진 기어를 넣고 목적지에서 멀어지는 일입니다. 가려는 방향의 정반대로 가는 작용을 합니다. 목적지는 결국 성공이나 행복이나 소망이 존재하는 곳입니다. 뒤로 가면 갈 수 있습니까? 성공이나 행복의 방향이 앞에 있다면 당연히 직진하는 전진 기어를 넣어야 합니다. 뒤로 자동차를 몰면서 계속해서 욕을 합니다. "아, 왜 나만 자꾸 차가 뒤로 달리는 거야!" 차가 뒤로 달리는 것이 아니라 당신이 차를 뒤로 몰고 있는 것입니다. 앞으로 가고 싶다면 전진 기어를 넣어야 합니다.

입이 보살입니다

우리는 가끔 '입이 보살이다'라는 말을 듣고 사용합니다. 말을 잘못해서 그 말이 현실로 나타나거나, 그 말 때문에 어떤 일이 일파만파로 커지면 이미 늦으니 주의하라는 뜻으로 쓰이거나, 이미 그렇게 되어버린 상황 앞에서 혀를 쯧쯧 차면서 사용하는 말입니다.

"오로지 입을 지켜라. 입에서 나온 말이 나를 태운다. 모든 중생의 불행은 입에서 생긴다. 입은 몸을 치는 도끼요, 몸을 찌르는 칼이다."

《법구경法句經》에 나오는 말입니다.

우리 속담에도 '혀 아래 도끼 들었다'라는 말이 있습니다. 반대로 '말 한마디로 천 냥 빚을 갚는다'는 속담도 있습니다.

말은 그냥 '말'에 그치지 않습니다. 그래서 "말이면 다 말인줄 아냐?"라는 말도 있나 봅니다. 말에는 평소의 생각이 묻어납니다. 말은 협상의 실마리고, 사람의 관계를 잇고 끊습니다. 말에 따라 일이 이루어지기도 하고 어그러지기도 합니다. 말이 원인이 되어 싸움이나 갈등이 일어나는 것은 인간이 생겨나고부터입니다.

속담에 '가루는 체에 칠수록 고와지고, 말은 할수록 거칠어진다'고 했습니다. 사람들이 당하는 시련의 대부분은 입에서 비롯됩니다. 지혜로운 사람은 그래서 침묵하거나 말을 아낍니다. 쏟아진 물동이의 물과 내 입에서 나온 말은 다시 들어갈 수 없기 때문입니다. 이 격언을 이해하거나 뼈저리게 느끼는 사람은 입에서 실수할 말을 뱉은 경험이 있는 사람입니다.

나도 고백합니다. 나의 선지랄과 거친 입에서 나왔던 말을 다주워 담을 수만 있다면, 부산 앞바다의 바닷물을 매일 한 주전자씩 마시라고 해도 그렇게 했을 겁니다.

법정 스님도 생전에 "입을 조심하지 않으면 입이 불길이 되어내 몸을 태우고 만다"라고 말했습니다. 입이 너무 열려 있으면 공격의 대상이 되기도 합니다. 이래저래 무서운 입입니다. 몸을 태우는 불길을 달고 산다면 입을 닫는 편이 낫습니다. 대신 귀는 항상 열려 있어야 할 것입니다.

춥다 춥다 하면 진짜 추워집니다

말은 사람과의 커뮤니케이션을 위해 빼놓을 수 없을 뿐만 아니라, 동기를 부여하는 힘이 강력해서 사람의 잠재의식을 움직일 수 있습니다. 특수 장치를 통해 분석해보니, 아무렇게 하는 말이라도 호르몬의 분비라든지 맥박 등 심신에 큰 영향을 미칩니다.

또한 최근 연구에서는 말이 인간과 동물뿐 아니라 채소, 과일, 꽃 등의 식물에도 통하는 것을 알게 되었습니다. 대표적으로《물은 답을 알고 있다》라는 책은 물이 말과 글씨, 음악 등에 따라 변화되는 것을 물의 결정 사진으로 보여주고 있습니다. 이 책은 말의 귀중함을 가르치기 좋다고 생각했는지, 아동용으로까지 나올 만큼 우리나라에서도 인기를 많이 끌었습니다.

좋은 말이 어떤 영향을 미치는지는 우리 모두가 잘 알고 있습니다. 어머니가 칭찬하면 아이를 장래의 노벨상 수상자로 만들 수도 있고, 반대로 저주하고 비하하고 헐뜯으면 범죄자나 인생을 포기한 사람으로 만들 수도 있습니다.

당신이 오늘 저녁에 한 진실한 말 한마디가 오늘 저녁을 마지막으로 삶을 정리하려던 사람을 격려해 내일의 에너지를 줄 수도 있습니다. 반대로 아무 생각 없이 내뱉은 냉정한 말 한마디가 타인에게 평생을 두고 씻을 수 없는 상처를 입힐 수도 있습니다. 우리들 모두는 스스로의 말에도 지배를 받습니다. 자기 입에서 나간 말에 무의식적으로 지배되어 큰 영향을 받을 수도 있기 때문입니다.

"이거 안 돼!"라고 말을 뱉어버리면 될 기회를 버리는 것은 물론 정말 안 된다고 생각합니다. 이와 같이 말에는 대단히 강한 영향력이 있기 때문에, 평소 아무렇지 않게 쓰던 말이라도 한 번쯤 입을 다물고 생각하고 내놓는 습관을 들이는 것이 중요합니다.

실제로 서울 청계천 삼일빌딩 근처에서 군밤 장사를 하던 시절, 군밤이 안 팔려서 자꾸만 욕을 하고 추워 죽겠다며 "춥다, 추워!"라고 말하면 정말 더욱 춥게 느껴졌습니다. 단지 그때의 느낌을 말하는 것이더라도 부정적인 말에 의해 잠재의식이 어렵다, 춥다, 힘들다고 자기에게 암시하게 되는 것입니다.

부정적으로 생각하면 우리 뇌의 사고 회로가 부정적으로 바뀌게 되고, 성격이 어두워지고, 행동은 소극적이 됩니다. 추운 곳에 있다면 입을 열어서 춥다는 말을 내뱉는 것보다는 몸을 움직이면서 '몸을 움직이니 따뜻해진다'라고 생각하는 편이 백배 낫습니다.

인생은 적이 아니라 친구입니다

선지랄의 시대가 그처럼 힘들고 어려웠던 것은 돌이켜 생각해보면 내가 인생을 적으로 생각하고 싸워서 이기겠다고 생각하고, 인생에 매 순간 불평불만을 가졌기 때문이었습니다.

요즘은 세 집 건너 한 집이 '돌싱'이라고 할 정도로 많은 사람들이 이혼을 합니다. 이혼 사유도 배우자의 외도, 성격 차이, 폭력, 폭언, 경제적 문제 등 참 다양합니다. 가정불화의 상황이나 단순한 사유로도 이혼을 결정하고 진행할 수 있습니다. 물론 일방적으로 배우자가 마음에 들지 않아 이혼을 결정하고 진행할 수 있는 것은 아닙니다.

그런데 이혼 사유 1순위는 우리가 생각하는 것처럼 불륜이 아니라 '안 맞는 것'이라고 합니다. 성격 차이라는 것입니다. 참 이율배반적인 단어입니다. 결혼은 내가 사랑하는 사람을 찾고 만나서 평생 살겠다고 다짐하고 하는 행위인데, 성격 차이라니요. 이 불행은 배우자를 바꾸어서 내 기준에 맞게 살아가게 하겠다는 착각에서 시작되는 것입니다.

결혼 승낙을 받으러 온 아들에게 아버지가 인생의 교훈을 가르쳐주는 이야기가 있습니다.

아들 : 아빠, 나 결혼할래요. 사귀는 여자가 있어요.

아빠 : 일단 미안하다고 말해봐라.

아들 : 네? 왜요?

아빠 : 미안하다고 말해.

아들 : 아니, 왜요? 내가 뭘 잘못했어요?

아빠 : 넌 일단 미안하다고 말해야 돼.

아들 : 아니, 왜죠? 갑자기 왜 그래요?

아빠 : 일단 미안하다고 말해.

아들 : 제발 이유라도 말해줘요. 내가 뭘 잘못했다고요!

아빠 : 일단 미안하다고 말해.

아들 : 알았어요. 아빠, 미안해요.

아빠 : 이제 준비가 되었다. 이게 바로 교육이다. 아무런 이유 없이도 미안하다고 말할 수 있다는 사실을 알고 배워야 비로소 결혼할 자격이 있기 때문이다.

나에게 잘못이 없어도 먼저 미안하다고 할 수 있는 남자가 되기 전에는 결혼하지 말라는 것입니다. 내가 손해라거나, 억울하다거나, 져서 분하다거나 하는 감정을 가지려면 결혼하면 안 됩니다. 불행이 시작되기 때문입니다. 배우자는 적이 아니라 평생을 함께 갈 친구이고 동지입니다. 따라서 나를 바꾸어야 합니다. 나를 못 바꾸면 불행해집니다.

인생도 마찬가지입니다. 어떻게 나의 인생이 나의 친구가 아니라 적일 수 있겠습니까. 때로는 인생이 우리의 적인 것처럼 보일 때가 있습니다. 일은 절대로 우리가 바라는 대로 되지 않습니다. 저주하고 싶을 정도로 꼬이는 경우도 있습니다. 그렇다고 해서 인생이 우리의 적은 아닙니다. 인생은 인생일 뿐입니다. 그 이상도, 그 이하도 아닙니다. 인생은 내 성공을 가로막고 남의 성공을 바라지 않고, 내 차는 빨리 지나가게 해주고 남의 차는 꽉 막히게 하는 것도 아닙니다.

더 쉬운 방법이나 길을 선택해서 누구에게만 열어준다든지, 누구에게만 친절을 베풀지 않습니다. 그런 인생을 적으로 만들어봐야 좋아질 일은 하나도 없습니다. 인생을 조정하고 싶다면 먼저 우리가 변해야 합니다. 생각하는 방식을 바꿔야만 합니다. 그것은 완전히 나에게 달려 있습니다. 내 인생이기 때문입니다. 인생의 불합리한 부분을 수없이 탓하고 원망할 수도 있겠지만, 달라지는 것은 없습니다.

반대로 마음의 여유를 갖고 "친구야, 같이 꽃 보러 갈까?" 하는 마음으로 권하면 인생은 흔쾌히 따라옵니다. 인생이 나의 적이 아니라는 점을 매일매일 되새깁시다. 인생은 나의 적이 아니라 친구입니다.

일일일생一日一生으로 살아갑시다!

대형 마트 옆을 지나다 밖에 내건 현수막에 쓰인 '사는 건 어차피 다 고기서 고기다!'라는 행사 안내 문구를 보고는 웃음이 나옵니다. 이 문구, 참 명언입니다. 사는 게 다 거기서 거기라는 말을 고기로 바꾸었는데 일치율이 100%입니다. 진짜 우리는 고기가 없으면 어떻게 살아야 하나 싶고, 다 고만고만하기도 합니다. 그래서 '기분이 저기압일 때는 고기' 앞으로 가나 봅니다.

우리가 만나는 사람들은 대단한 것 같아도 다 고만고만합니다. 모든 인간의 능력은 오십보백보입니다. 아인슈타인Albert Einstein이나 나나 차이라고는 두뇌 2~3% 정도 더 쓰고 안 쓰고 차이입니다.

'일어나면 다다미 반 장, 누우면 한 장, 천하를 가져도 2홉 반'이라는 일본 속담이 있습니다. 억만장자이든 가난한 사람이든, 어떤 사람이라도 서 있는 데 필요한 공간은 다다미 반 장(90*90cm)이면 충분하다는 말입니다. 2홉 반은 식사량입니다. 우리말로 하면 억만장자라고 해서 하루에 10끼를 먹지는 못한다는 것입니다. 똑똑하건 평범하건 뇌세포도 누구나 선천적으로 공평하게 140억 개입니다. 100만 명이 있다면 99만 9,999명이 갖고 있는 능력의 겨우 3%만 쓰다가 죽습니다. 억만장자도 고민이 있습니다. 걱정이나 고민이 없는 사람은 없습니다. 얼핏 완벽하게 보이더라도 정말로 약점이 없는 완전한 인간은 이 세상에 없습니다. 이렇게 보면 자신과 남은 거의 비슷합니다.

차이점이 있다면 나는 현재에 충실한가 아닌가라고 봅니다. 지금을 힘차게 충실하게 살아가고 있는가입니다. 그래서 나는 '지금 이 순간'이라는 말을 자주 씁니다. 오늘 하루가 나의 일생이라고 생각해도 좋습니다. 내일은 내일 살아남으면 또 치열하게 사는 것입니다. 어제는 지나갔고 내일은 아직 오고 있지 않았다는 유명한 말처럼, 사람이 살 수 있는 것은 '오늘'이라는 하루뿐입니다.

그러니까 정말로 하고 싶은 것이라든지 가치 있는 목적이나 목표를 향해서 오늘 하루를 힘껏 멋지게 살면 됩니다. 그렇게 하면 아마도 최고로 충실하고 뿌듯한 하루가 될 것입니다. 이렇게 매일을 충실하게 살아나가면 일생이 충실해질 것입니다. 하루를 충실히 살아나가기 위해서는 하루가 내 삶 전체라고 생각해보십시오. '일일일생一日一生'이라고 생각하고 살아갑시다. 그렇게 하면 그날 하루는 최고의 하루가 됩니다. 그런 하루를 오늘도 가진다는 것은 얼마나 감사할 일입니까.

'즐겁게 보이는 것'과
'정말로 즐거운 것'은 다릅니다

'즐겁게 보이는 것'과 '정말로 즐거운 것'을 분별하는 눈이 생기면 이제 선지랄의 시대는 끝이 납니다. 극단적인 경우, 절제하지 않는 것이 놀이의 진정한 재미라고 착각하고 살아가는 사람도 있습니다. 하지만 당장 술을 봅시다. 술은 절제할 수 없다면 마음과 몸에 나쁜 영향을 미치고 맙니다. 도박에 빠지면 집을 날리거나, 무일푼이 되는 일도 있고, 난폭한 태도를 취하고 자살을 하기도 합니다. 싫다고 하는 사람을 힘과 돈, 권력과 폭력으로 따라다니는 일은 사랑이 아니라 스토킹이고 범죄입니다. 집적대는 것은 성추행입니다. 이게 즐겁게 보일지 모르고 즐거운 순간이 있을지도 모르지만, 정말 즐거운 것과는 거리가 먼 것들입니다.

지금까지 말한 것 모두가 가치 없는 쓰레기 같은 놀이일 뿐입니다. 고백한 것처럼 양아치에 어리석은 자였던 나는 한량처럼 보이기 위해서 좋아하지도 않는 술을 진탕 마시기도 하고, 친구들이 좋아하는 모습을 보려고 나쁜 일들을 하기도 했습니다. 핑계를 대는 것이 아니라, 돌이켜 생각해보니 그것이 즐겁다고 착각하면서 행한 짓이었습니다.

그러나 우리 스스로에게 묻고 싶습니다. 더러운 말로 욕하는 사람을 상대하고 싶어 하는 사람이 있을까요? 방탕한 생활, 폭력적인 생활을 하면서 비틀거리는 사람과 친하게 지내고 싶어 하는 사람이 있을까요? 있을 리가 없습니다. 정말 돌이켜 생각해도 부끄럽고 또 부끄러운 '선지랄'의 시간들이었습니다.

다시 한 번 인생을 고쳐 살 수 있다면, 나는 그때를 다시 시작하고 싶습니다. 그러나 그것이 불가능하기 때문에 나는 지금 이 순간인 일흔이라는 나이를 허투루 쓰지 않고 살아갑니다. 후회하지 않을 만큼 노력해서 살고 있습니다. 감사하고 있습니다.

노는 것은 대단히 좋은 일입니다. 노는 것을 싫어하거나 마다 하는 사람은 없습니다. 공부보다 좋은 것이 노는 것입니다. 그러나 다 원 없이 하고 살 수는 없습니다. 노는 것도 때와 정도가 있습니다. 그 안에서 자신의 놀이를 찾아내 맘껏 즐길 일입니다. 하지만 남의 흉내를 내서는 안 되고, 남에게 자랑하는 놀이도 안 되며, 남에게 피해를 주어서도 안 됩니다. 그것은 진짜 즐거운 일이 아니기 때문입니다. 우리 스스로에게 무엇이 진실로 즐거운지 물어보고, 즐겁다고 생각하는 것을 하고 살아야 합니다. 그 밖의 것들은 다 지랄입니다.

중요한 건 출발선이 아니라
도착지입니다

인생은 시작 지점이 아니라 마지막에 어디에 서 있느냐가 중요하다고 봅니다. 그것을 일찍 깨달은 사람들일수록 성공하는 것을 봅니다. 인생은 '그렇기 때문에'가 아니라 '그럼에도 불구하고'의 시간입니다. 내 출발이 지랄이었을지 몰라도 도달하는 곳이 지랄이면 곤란하다는 각성이 있었기에 여기까지 올 수 있었습니다.

가난하게 태어날 수 있습니다. 실제 전 인구의 80%가 가난하게 태어납니다. 집도, 차도, 옷도 없거나 변변치 않습니다. 교육을 받기는커녕 하루 세끼를 걱정하는 사람도 부지기수입니다. 가난은 부끄러운 것이 아닙니다. 그러나 누구의 말처럼 가난하게 죽는 것은 부끄러운 일일 수 있습니다. 가난이 부끄러운 것이 아닌 것처럼 결코 자랑거리도, 동정거리도 못 됩니다. 가난은 극복해야 할 것입니다. 극복하지 못하면 무능력과 게으름이라는 과정이 있었다고 평가받을 수도 있습니다. 그래서 극복해야 하는 것입니다.

가난 극복을 인생의 유일한 목표로 삼는 것도 가치 없는 일이지만, 가난에 푹 빠져 사는 인생도 가치 없기는 마찬가지입니다. 가난은 사람을 초라하게 만들고 사람 구실을 제대로 할 수 없게 합니다. 또 부정적인 삶의 언어와 모습을 만들어냅니다. 그래서 아무리 잘나고 머리에 든 것이 많아도, 아무리 착하고 웃음기 많아도, 가난에 찌들어 있으면 점점 더 검게 변해갑니다. 벗어나려면 지랄 같은 가난의 삶을 끝내고 다음 길로 접어들어야 합니다.

물론 하는 일 없이 빈둥거려도 그럭저럭 살아갈 수 있을지는 모릅니다. 밥숟가락 들어서 배만 채워도 생존은 할 수 있습니다. 그러나 그저 살아 있다는 데만 의미를 부여하고 살아가는 것에 대해 우리는 살아 있다고 말하지 않고, 삶이라고도 말하지 않으며, 그를 인간이라고 말하지도 않습니다. 태어나서 단순히 존재만 하는 것은 아무런 가치도, 의미도 없습니다. 목숨이 붙어 있으니까 숨을 쉬고, 배가 고프니까 음식을 먹고, 밤이 되니까 잠을 자고, 날이 새니까 눈을 뜨는 것은 사는 것이 아니라 본능을 따르는 것일 뿐입니다. 그것은 생명을 가진 모든 동식물도 할 수 있는 일입니다. 속된 말로 개나 소뿐만 아니라 바퀴벌레도 하는 짓입니다.

그래서 어제도 오늘도 내일도 똑같은 삶이 아니라, 오늘이 어제와 다르고 내일이 오늘과 다른 변화된 삶이어야 합니다. 그 자리에서 평생을 살 수는 없는 일입니다. 무한한 가능성으로 열려 있는 미래를 판박이처럼 살아가거나 붙박이처럼 살아가는 것은 인간이라는 대단한 존재에 대한 모독입니다. 너무나 억울한 일입니다. 한 번 가면 다시 못 올 인생, 의미 있게 행동하고 가치 있는 삶을 살아가다가 죽음을 맞아야 진정한 삶이라고 부를 수 있습니다.

신세타령을 늘어놓는 사람도 많습니다. 누구만, 또는 무엇만 아니었다면 이렇게 살지 않았을 거라는 핑계로 판소리를 뽑아냅니다. 남들에게 그렇게 말하고 자기를 보호합니다. 당신이 과거에 누구였는지는 중요하지 않습니다. 지금 누구인지와, 미래에 누가 될 것인지가 더 중요합니다. 그리고 인생의 방향이 빗나가 있든, 인간관계가 뒤틀려 있든, 핑계를 아무리 대보아도 그렇게 되기까지 자신만큼 많이 기여한 자는 세상에 없을 것입니다. 지금의 내가 왜 이 모양 이 꼴이냐고 한탄하는 것은 모두 지금의 내 책임이라고 돌려 말하는 것뿐입니다.

책임은 오로지 나에게 있습니다. 실업자가 되어 빈둥거리는 것도, 돈이 없어 쩔쩔매는 것도 내 탓이고, 지나친 욕심을 부려서 고된 삶을 살아가는 것도, 악을 행함으로써 악을 불러들이는 것도 다 내 탓입니다. 정부의 탓도, 기업의 탓도, 남의 탓도 아닙니다. 그런 일을 탓으로 돌린다고 해서 달라지는 것은 없습니다. 잘

못한 일은 객관적으로 남습니다. 그것과는 별개로 당신의 잘못이 사라지거나 하지는 않습니다.

출발점에서 비틀거린 것은 어제의 잘못일 수도 있고 더 먼 과거의 잘못일 수도 있습니다. 눈밭을 걸어가면서 뒤를 돌아보면 발자국이 남습니다. 주춤거린 발자국은 깊이 파여서 다음 걸음을 디디기 힘들게 합니다. 망아지처럼 뛰어가면 발자국이 어수선하게 남아, 곧게 앞을 향해 걷지 못한 결과를 보여줍니다. 가지런히 걸어가면 발자국이 곱게 남습니다. 지금 내가 하고 있는 출발선의 행동이 어리석을 수는 있습니다. 그러나 도착지까지 그래서는 곤란합니다. 결국 우리는 도착지에서 평가받을 것이기 때문입니다.

'철부지'에서 '철지'로 거듭납니다

─

계절의 변화를 가리키는 말인 '철'은 사리를 헤아릴 줄 아는 힘, 곧 지혜를 뜻하는 말입니다. 그 뒤에 알지 못한다는 뜻의 한자말인 '부지不知'가 붙어, 무엇이 옳고 그른지 판단하지 못하는 어린애 같은 사람을 일컬어 철부지라고 합니다. 성인이 되어도 세상 물정 등을 모르는 사람을 비꼬며 부르는 말이기도 합니다.

남보다는 자기 중심주의적인 사고를 가진 사람, 생각나는 대로 말하고 생각나는 대로 행동하며 판단과 절제를 전혀 하지 않고 자기 마음대로 기분 내키는 대로 행동하는 사람, 주변 상황 등을 느끼지 못하고 자기 입장만을 고수하며 고집을 부리는 사람, 내 것은 좋고 남의 것은 나쁘다는 식으로 막말 등을 하는 사람, 윗사람의 조언이나 권고 등도 무시하고 내 방법이 무조건 맞는다는 식으로 나오는 사람, 자기가 주장하는 것은 항상 옳고 대단한 것이라고 생각하며 남이 주장하는 것은 쓸모없다고 무시하는 사람, 내가 잘되면 좋아하면서도 남이 잘되면 까닭 없이 질투하고 싶어하며 배 아파하는 사람. 이런 사람들이 철부지입니다.

그렇게 보면 나는 철부지였습니다. 그리고 모든 일에는 '철'과 '때'가 있는 것처럼 그 철부지 시절은 이제 마감했습니다. 내 지랄은 행복이라는 놈을, 세상을 다 뒤집어엎고 부수고 그 속에서 미친 듯 싸우면서 찾으려고 했던 것에서 시작했습니다. 그러나 정작 행복은 미친 듯이 부수고 엉망으로 만든 세상에 있었던 것이 아니라, 세상을 바라보는 나의 손과 입과 마음에 있었습니다. 그러니 찾아도 찾을 수 없어서 욕만 해댔던 셈이죠. 돌이켜 생각해보면 설사 그때 아무리 행복한 여건이 주어졌더라도 받아들이는 태도가 잘못되어 있었기에 눈앞에 두고도 못 찾았을 것이고, '돼지 목에 진주 목걸이'라는 말처럼 버려지거나 더러워졌을지도 모릅니다.

과거에 나는 타인들만큼 가지지 못해서, 타인들만큼 배우지 못해서, 타인들만큼 좋은 직업을 갖지 못해서, 그것들 때문에 불행하다고 생각했었습니다. 그러나 결국 행복과 불행은 지금의 자신을 바라보는 마음 상태에 달려 있다는 것을 이제는 압니다. 그리고 그 사실을 알면 지랄의 시대가 끝납니다. 여러분이 지금 지랄의 시대에 있다면, 알고 계시면 도움이 될 것입니다.

지랄의 시대를 끝냅니다

어디선가 '지랄 총량의 법칙'이란 말이 있다는 것을 들었습니다. 이 법칙에 따르면, 모든 인간에게는 평생 써야 하는 '지랄'의 총량이 정해져 있습니다. 어떤 사람은 사춘기에 다 써버리고, 어떤 사람은 나중에 늦바람이 나서 소비하기도 하는데, 어쨌거나 죽기 전까진 반드시 그 양을 다 쓰게 되어 있다는 이야기였습니다. 그렇다면 나는 참 일찍도, 그리고 폭발적으로 썼구나 싶습니다.

"사람을 볼 때 인생의 후반부만 본다"라는 옛말이 있습니다. 앞이 실패했다면 뒤에 수습하는 것이 옳고, 또 앞이 빛났다면 거만해져서는 안 된다는 뜻입니다. 참으로 옳은 말입니다.

사람이 사는 것도 이와 같습니다. 그래서 언제나 자신의 인격과 덕을 쌓는 일을 게을리해서는 안 됩니다. 아무리 훌륭한 학자나 유명인이라고 해도 한순간의 탐욕과 성욕, 물욕 때문에 실수를 저지른다면 그동안 쌓아온 훌륭한 업적이 물거품이 되고 맙니다. 최근에 잇달아 발생하는 미투MeToo 운동을 보면 얼마나 많은 사람들이 초심을 버리거나 삶의 후반부를 가볍게 생각하는지 알 수 있습니다.

세상에 영원한 빛남은 없습니다. 반대로 영원한 어둠도 없습니다. 비록 초년의 경력이 보잘것없다고 해도 열심히 노력해서 성공한다면 더욱 큰 값어치가 있는 것입니다. 사람이 남의 눈을 속이고, 얄팍한 재주로만 살아가면서 다른 사람을 망가뜨리고, 그 반대로 자신의 쾌락을 챙기고 거짓 명예와 재물을 모으다가 마지막에 파멸로 가는 것은 모두 이런 이치가 있는 것입니다.

흙 속에서 사는 굼벵이는 한갓 더러운 벌레에 불과하지만 때가 되면 허물을 벗고 매미가 되어 여름날 자신의 존재를 드러냅니다. 썩은 풀도 쓸모없는 것에 지나지 않지만 그 안에 숨은 반딧불이가 썩은 풀을 먹고 자라 한여름 밤에 아름다운 빛을 내며 자신의 존재를 드러냅니다.

이렇듯이 우주의 모든 것은 끊임없이 변화합니다. 만물의 비밀은 바로 여기에 있다고 생각합니다. 성공은 실패한 후에 얻을 수 있는 열매와 같습니다. 인생의 행복이란 것도 어둡고 한스러운 세월을 겪고 나서 마침내 자신을 인정하고 노력하는 끝에 만들어져가는 것이라고 봅니다. 나는 지랄을 타산지석으로 삼아서, 같은 실수를 반복하지 않으면서 앞으로 나아갑니다. 이제 지랄의 시대를 끝냅니다.

- 꽃이 피어날 때 진한 향기를 토하듯, 감사는 모든 사물을 감사로 바라보고 말로 표현할 때 진한 향기가 납니다.

- 사람이 하늘처럼 맑아 보일 때가 있는데 감사하는 사람이 바로 그런 사람입니다.

- '만남'에 대한 책임은 하늘에 있고, '관계'에 대한 책임은 사람에게 있는데, 아름다운 관계 유지는 항상 감사하는 삶에서 나옵니다.

- 남의 나쁜 점보다는 좋은 점을 먼저 보는 긍정적인 마음과 긍정적인 말이 담긴 감사로 교류하면 복이 됩니다.

- 감사로 원망과 불평을 몰아내는 일은 결코 쉬운 삶이 아니라 지혜로운 삶의 선택입니다.

- 발효되는 사람이 있고 부패되는 사람이 있습니다. 감사하는 사람은 발효된 사람이고, 원망과 불평하는 사람은 부패된 사람입니다.

- 욕심에 반응하지 않는 것이 수행이듯, 원망과 불평과 짜증에 반응하지 않고 감사하는 것이 행복의 길로 들어가는 수행입니다.

- 감사가 있는 곳에 원망과 불평과 시기와 질투가 존재할 수 없듯이, 미움이 있는 곳에 감사가 존재할 수 없습니다.

- 감사는 원망과 불평을 잠재우는 명약입니다. 감사는 "그럴 수 있나"의 원망에서 "그럴 수 있지"로 이해하고 화평하게 합니다.

- 인생은 운명이 아니라 선택입니다. 감사를 선택할 것이냐, 원망과 불평을 선택할 것이냐는 자유지만, 결과는 행복과 불행으로 갈립니다.

- 원망과 불평을 말할수록 원망과 불평이 생기고, 거칠게 말할수록 거칠어집니다. 감사를 말할수록 감사한 일들이 생깁니다.

- 성공한 사람과 같은 행동을 하면 그들처럼 성공할 수 있듯이, 감사하는 사람과 같은 행동을 하면 그들처럼 감사한 일이 생깁니다.

- 내 속에서 원망과 불평이 일어나고 기쁨과 평화가 없는 것은 남 때문이 아니라 내 속에 감사와 사랑이 없기 때문입니다.

- 애쓰지 않아도 빛나는 사람이 있습니다. 화려한 옷을 입지 않아도 눈부신 사람이 있습니다. 감사하는 사람이 그런 사람입니다.

- 지옥을 만들려면 가까이 있는 사람을 미워하면 되고, 천국을 만들려면 가까이 있는 사람에게 감사하면 됩니다.

- 사물은 어디에서 보느냐에 따라 아름답게 보이기도 추하게도 보이기도 합니다. 감사로 세상을 보면 그 삶이 아름다워집니다.

- 원망과 불평은 부정적인 생각을 먹고 자라고, 감사는 긍정적인 생각을 먹고 자랍니다.

- 사람은 내가 어떻게 보느냐에 따라 의미가 크게 달라집니다. 인연 그 자체가 감사하다고 생각하고 감사할 거리를 찾아보십시오.

- "네가 가지고 있는 것들에 감사하는 법을 배울 때까지 네가 원하는 것을 얻지 못할 것이다." 정신이 번쩍 듭니다.

- 마음에 원망과 불평의 차가운 바람이 불어오면 상대는 추워서 마음 문을 닫습니다. 감사로 원망과 불평을 몰아내십시오.

- 꿈은 능력 있는 사람이 꾸는 것이 아니라 자신을 사랑하는 사람이 꾸는 것입니다. 감사하는 사람이 자신을 사랑하는 사람입니다.

- 인간이 꾸는 꿈은 그 성질이 어떤 것이든 꿈을 꾸는 한 아름답습니다. 좋은 꿈을 이루는 것은 감사 옷을 입고 나타납니다.

part 2

후수습의 시대

폭풍 같은 지랄의 시대를 지나서 이 사태를 어떤 식으로건 수습해야 한다고 생각했다. 다행인 것은 젊은 날 행한 악행이 다시 그릇에 담을 수 없을 정도로 엎지른 물이 아니고, 죽은 뒤에 쓰는 약방문도 아니란 점이다. 망양보뢰亡羊補牢. 양을 잃은 후라도 우리를 고치면 다시 양을 잃어버리지 않는다. 나는 사업으로 후수습의 시대를 열었다.

시대의 흐름을 타고
세상을 헤엄치다

대한민국 포크 록의 산증인인 한대수 씨의 유명한 노래 〈행복의 나라로〉는 창문을 열고 춤추는 산들바람을 또 한 번 느끼고, 행복의 나라로 가겠다는 것입니다. 나도 창문을 열고 불어오는 바람에 맞춰서 지랄의 시대를 끝내고 수습의 나라로 가야 했습니다. 뭐든지 흐름을 타고 가야 힘들지 않고 헛일이 되지 않기 때문입니다. 시대의 흐름을 탄다는 것은 과거를 배우고, 현재를 습득하고, 미래를 예측하는 것입니다. 지식과 철학, 예술과 문화, 산업과 경영이 모두 접목되고 융합되는 과정입니다.

나는 궁극적으로 사업을 하고 싶어졌습니다. 그리고 돈이 아니라 운명을 바꾸고 싶어졌습니다. 운명이 바뀌는 변화의 이야기를 쓰고 싶어졌습니다. 내가 이런 생각을 하고 사업을 하도록 영향을 준 사람이 있습니다. 1959년 교토세라믹주식회사(현 교세라)를 설립해 사장, 회장을 거쳐 1997년부터 명예회장을 역임하고 있으며, 파산에 몰렸던 일본항공도 경영을 맡은 지 2년 만에 정상화해서 일본의 국가적 자존심을 살려낸 이나모리 가즈오

稲盛和夫 회장. 그는 '살아 있는 경영의 신', '전 세계 경영자들이 가장 존경하는 경영자'로 이름이 높습니다. 일본 소프트뱅크의 손정의孫正義, 중국 알리바바의 마윈馬雲을 비롯해 전 세계 경영자들에게 최고의 신뢰와 사랑을 받아온 경영자들의 스승입니다.

내가 이분을 존경하는 것은 사업가 이전에 이분이 던진 질문 때문입니다. 이분은 '세상에 태어나 한 번뿐인 삶인데 지금까지 정말 가치 있는 삶을 살아왔는가?'라고 묻고, 그 질문에 답할 수 있다면 사업을 하라고 했습니다.

나아가 '일하는 이유'와 '일하는 방법'을 깨달아야 한다고 했습니다. '나는 왜 이 일을 해야 하는가?'라는 이유, 그 뜻이 바르고 확고하다면 사업이든 인생이든 제로에서도 무한대를 바라볼 수 있다는 것입니다. 책 속에서 그의 말과 생각과 사상을 읽는 순간 온몸이 짜릿해지며 소름이 돋았습니다.

나는 5년간 역학원을 거치고 목재상을 하면서 상당한 사업 자금을 모았습니다. 이 돈으로 지난날의 배고픔과 서러움과 추위를 잊고 따뜻하게 평생 느긋하게 살까 하는 생각도 했습니다. 그러나 책을 읽고 충격을 받은 그날부터 수소문해 알짜로 소문난 사출업체인 제일화학(주)를 인수했고, IMF가 끝나지 않은 1999년 3월, 당시 50년 역사를 자랑하는 차단기 및 마그네트 전문 메이커인 동아전기공업(주)를 인수해 대표이사로 취임하는 결정을 합니다.

다음에 내가 한 것은 무너진 기업, 무너진 조직을 살려내는 해답을 찾는 과정이었습니다. 무식하게 들릴지 모르지만, 작은 것부터 차근차근 사업이라는 것을 배워온 나에게는 답이 하나밖에 보이지 않았습니다. 다시 기본으로 돌아가는 것back to basic이 그것입니다.

기본부터 바로 세우는 일. 그런데 기본이란 무엇일까요? 사업에서의 기본이 아니라 인간의 기본이 먼저라고 생각했습니다. '어떻게 살아가야만 하는가?', '인간으로서 무엇이 올바른 것인가?'라는 것을 항상 배우고 실천하고 반성하는 일을 하는 것입니다.

터무니없다고 생각할지 모르지만 나는 그 기본이 지켜지지 않으면 사람은, 그리고 조직은 쉽게 무너질 수밖에 없다고 믿습니다. 그러나 반대로 그 기본이 지켜질 때 사람도 조직도 얼마든지 머리끝부터 발끝까지 새롭게 태어날 수 있다고 믿고 있습니다.

나는 그 믿음 하나 꼿꼿이 가지고 내가 몸으로 배운 '군밤 철학'을 경영에 접목하기 위해 제2의 창업을 선포하고 일취월장 회사를 키워나갔습니다. 100명이 넘는 직원들은 '군밤의 교훈'으로 무장했습니다. 이들을 무장시킨 사훈은 이랬습니다.

"지금 이 순간 최선을 다하라. 행동하기 전에 생각하는 자세로 미래를 준비하라. 내가 못하면 남이 잘하도록 도와주라."

어쩌면 대단히 높은 학문의 전당에서나 필요한 말들일지도 모릅니다. 그러나 무언가를 이루어내려면 순수하고 강한 동기가 필요하다고 나는 믿습니다. 그렇기에 누가 봐도, 어떤 방향에서 봐도 당당하게 말할 수 있는 뜻이 필요했습니다. 물론 이런 마음에 힘이 되어준 것은 이나모리 가즈오 회장입니다. 이 일을 왜 하는지에 대한 분명하고 굳건한 답이 없다면 주위 사람들의 협력을 얻을 수도 없고, 그 일을 성공시킬 수도 없을 것입니다.

　쌓을 저(儲, 돈을 벌다)라는 글자는 믿음信과 사람者이 합쳐진 글자입니다. 즉, 돈을 벌고 싶다면 믿어주는 사람이 늘어나야 합니다. 단순히 일하는 사람이 늘어나는 것이 아닙니다. 그래야 우리 모두가 행복해지고, 이익도 올라가기 때문입니다.

빛처럼 물처럼 광수처럼

내 이름은 광수입니다. 빛 광光에 물가 수洙를 씁니다. 그런데 나는 삶의 자세라고 할 부분에서는 내 이름인 광수를 빛과 물로 생각하고 살아갑니다. 빛과 물 같은 삶을 좋아하기 때문입니다.

빛은 현재까지 알려진 물체 중에서 속도가 가장 빠릅니다. 일상적으로 말하는 빛, 즉 가시광선은 진공 상태에서 초속 30만 km로 달리고, 한 시간에 10억 km를 진행하며, 1년에 약 9조 4,600억 km(1광년)의 거리를 갑니다. 1초에 지구의 둘레를 7바퀴 반 돕니다. 계산해보면 음속(마하 1)보다 88만 1,742배가량 빠른 셈입니다. 우리가 타고 다니는 비행기의 속도가 마하 0.7입니다.

빛은 분산 굴절시키면 색상이 파장에 따라 분산되어 나오는 것을 볼 수 있습니다. 자연 현상 중 하나인 무지개가 여기에 해당됩니다. 무지개는 행운, 행복의 상징이기도 합니다. 이처럼 빛은 주로 선이나 진리, 행운, 아름다움 등 좋은 이미지를 지니고 있습니다. 미인을 가리키는 말 중에 '빛이 난다'는 말이 있는 것만 봐도 좋은 것은 여기 다 들어 있습니다.

또한 빛의 가장 기본적인 성질은 '직진'한다는 것입니다. 여기서 직진은 '공간상의 가장 짧은 거리'라고 할 수 있습니다. 중력 등에 의해 휘어질 때도 빛의 직진성은 변하지 않는다고 합니다. 나는 직진이 정직이라고 생각합니다. 어떤 환경에서도, 어떤 고난 앞에서도 직진하는 모습을 떠올려봅니다.

한편 물은 수많은 물질을 녹일 수 있는 매개체입니다. 녹인 물질에 따라 맛과 냄새가 다양합니다. 그래서 수천 종류의 샘이나 광천수가 있지만 똑같은 맛은 없습니다. 녹아 있는 광물의 함량이 다르기 때문입니다. 나도 물처럼 다른 사람을 녹여낼 수 있는 사람이기를 바랍니다.

몸이 정상적으로 기능하려면 날마다 1.5~2리터의 물을 마셔야 합니다. 우리 몸 안에 지니고 있는 물의 양은 사람에 따라, 체질에 따라 다르지만 일반적으로 체중의 70~90% 정도입니다. 어린이와 젊은이는 물의 함량이 더 높고, 나이가 들면 피부에 주름이 지는 것처럼 물이 적어집니다. 만약 몸속의 물이 1~3% 부족하면 심한 갈증이 나고, 5%가 부족하면 혼수상태가 되며, 12%가 부족하면 사망하게 된다고 합니다.

인간은 물론 동물과 식물, 그리고 어떠한 미생물도 물 없이는 아무리 많은 영양분이 있다 해도 생명 활동을 유지할 수 없습니다. 지구 표면의 약 70%를 차지하는 물이 생명의 근원이라고 불리는 이유가 바로 여기에 있는 것입니다. 물은 지구의 자연 현상을 안정적으로 유지하는 작용을 합니다. 너무 흔해 소홀히 다루기도 하지만, 물이 가진 특별한 성질 덕분에 인간을 비롯한 모든 생명체가 살아갈 수 있는 것입니다. 물은 인간에게 감사와 헌신, 존엄성을 돌아보도록 하는 특별한 존재입니다. 마찬가지로 감사라는 품이 없다면 사람은 사람과 섞여서 살아갈 수 없습니다

"사업은 사업가의 그릇만큼 성장한다"라는 말이 있습니다. 나는 전기로 빛을 주는 사람, 물처럼 생명에게 빛이 되는 사람이 되고 싶습니다. 춥고 배고팠던 군밤 장수의 눈으로 올려다본 겨울 하늘에 빛나던 별들을 아직도 기억합니다. 그 별을 찾았던 심정을 함께 나누고 싶었습니다. 목이 타들어갈 때 마시는 물처럼 생명을 살리는 사람이 되고 싶었습니다. 그래서 빛과 물 같은 삶을 택했습니다.

군밤 장사에서 얻은 감동을
사업에 녹였습니다

전자 개폐기와 차단기를 전문으로 생산하는 동아전기공업(주)는 1955년 동아화학공업사로 출발한 역사 깊은 회사입니다. 다만 안타까운 것은 1998년 6월 부도라는 최대의 위기에 처하게 된 것입니다. 이후 사원들을 주축으로 구성된 비상대책위원회를 중심으로 1백여 부품 업체들과 협력하며 위태롭게 운영되고 있었습니다.

나는 아무런 욕심 없이 그곳을 방문했습니다. 그리고 앞서 말한 내 이름과 내 생각과 같은 의미를 가진 전기라는 종목이 마음에 들었습니다. 사업을 하는 사람으로서 너무 낭만적이라고 할지 모르지만, 의외로 셈법에 익숙한 사람이 셈을 틀리는 법입니다. 낭만이 아니라 사업도 결국 궁합입니다. 합이 맞아야 승승장구할 수 있습니다. 그렇게 마침내 1999년 1월에 회사를 인수하면서 IMF 이후 제2의 항해라는 돛을 펼치게 되었습니다.

내가 인수 후 제일 먼저 한 것은 허겁지겁 생산을 시작한 것이 아니라 안을 들여다보는 것이었습니다. 무엇이 문제인가, 어디가 아픈가를 아는 것이 더 급하다고 판단했기 때문입니다. 7개

월에 걸쳐 1억 원의 비용을 들여 경영 전반에 관한 컨설팅을 시작으로 조직을 안정시키고 경영 체계 및 기능을 정상화하는 방안을 마련했습니다. 그리고 무차입 경영 선언 및 실시, 구매 대금의 현금 지급, 공장 Lay-out 개선, 생산성 향상과 원가 절감 50% 구현, 물류 Loss 제거, 기술 연구소 발족, 품질보증시스템 구축(100PPM), 외국 인증 획득 등 경영 혁신을 모토로, 침체된 경영 분위기를 일신우일신하며 바꾸어갔습니다.

일단 부도를 맞으면 '회생 불가능'이라는 사람들의 보편적인 인식에서 벗어나 기업이 재생했을 뿐 아니라 성장까지 하는 모습을 본 외부인과 내부 직원들은 놀라움을 감추지 못했습니다. 나는 이 감동의 크기가 작아지기 전에 '평생감동교육'이라는 독특한 경영 방침을 이어갔습니다. 창의력과 자율성을 최대한 보장하며 직원들의 능력 계발을 위해 최선을 다하는 것이 바로 회사가 가려는 방향이고 평생감동교육의 방향이었습니다.

모두가 한 마음이 되어 혼신의 노력으로, 수년간 묵혀두었던 고질적인 문제점을 꺼내서 파악하고 분석, 해결했으며, 잠재된 과제와 목표를 다시 정리하고 조직과 인력을 보강해서 마케팅 전략을 수립함과 동시에 3년간의 중기 비전을 수립했습니다. 그 결과 부도를 냈던 회사는 1년 만에 매출을 2.5배 이상 상승시키는 기적을 낳았습니다.

이 과정에서 세계 최초로 ZCT 내장형 배선용 차단기 개발에 성공해 우리나라 최초로 생산·판매하고 있습니다. 회사의 주력 상품인 'ZCT 내장형 차단기'는 누전차단기의 단점을 보완한 제품으로, 핵심 기술은 ZCT를 배선용 차단기 내부에 일체화한 것이며, 국내 최초로 동일 크기의 4극형 누전차단기입니다. 이 제품의 빼놓을 수 없는 장점 중 하나는 탁월한 안전성입니다. 최근 이 제품에 대한 NEP 인증이 갱신됨에 따라 경쟁 제품이 없음을 한 번 더 확인할 수 있었습니다.

사실 나는 대단한 일을 한 것이 아니었습니다. 그저 고달프고 힘들었던 인생 경험에서 체득한 독특한 삶의 지혜를 사업과 사람에 적용하고 함께하자고 한 것뿐입니다. 내 독특한 경영 방침이란 한마디로 '우리 삶에 불가능이란 없습니다. 다만 감동과 선택이 필요할 뿐입니다'로 요약할 수 있습니다. 그리고 그것은 두가지 의미를 가집니다. 하나는 물질 만능 시대에 척박하고 메마른 인심을 감동으로 순화해서 착한 본심(사랑)을 되찾자는 것이고, 또 하나는 그 본심을 내부 고객(종업원)과 외부 고객(대리점과 소비자)에게 '때'를 가려 공정하고 투명하게 베풀어 회사의 발전을 도모하자는 것입니다.

유기농 경영으로 다시 태어납니다

누구에게 물어도 거의 비슷한 답이 나올 질문이 있습니다. "기업 경영의 최대 목표는 무엇입니까?" 하는 질문이 그렇습니다. 답은 당연히 '이윤 추구'입니다. 그런 면에서 본다면 동아전기공업(주)는 기업의 최대 목표보다는 '직원 개개인의 행복 추구'라는 작은 목표에 기업 경영의 우선순위를 두고 있는 것처럼 보일 수도 있습니다.

사람이 행복해지기 위해서는 연습과 노력이 필요합니다. 나는 이윤 추구보다 앞에 있어야 할 것이 직원들이 신바람 나게 일할 수 있게 하는 환경과 방법을 찾는 것이라고 봅니다. 잘되는 기업의 우선 조건은 훌륭한 인재와 우수한 기술력을 갖추는 것이라고 생각합니다.

그 가운데서도 인재, 즉 사람이 가장 소중합니다. 그 소중한 사람들이 행복해져야만 일이 재미나고 회사도 신나게 돌아간다고 믿기 때문입니다. 회사가 신나게 돌아가야 신나는 제품, 신나는 개발, 신나는 마케팅, 신나는 매출, 신나는 복지, 신나는 출근이 가능해집니다. 나는 그렇게 믿습니다. 그래서 직원들 모두가 행복해지는 게 내가 꿈꾸는 경영의 최고 목표입니다.

이렇게 말하면 내가 대단한 복지를 창출해서 직원들에게 주는 것 같지만, 대기업처럼 그렇지는 못합니다. 직원들에게 물질적으로 거창하게 잘 해준다는 게 아닙니다. 행복해지기 위해서는 준비가 필요합니다. 그런 마음의 준비를 같이 하고, 직원들과 그 마음이 통하는 것뿐입니다.

유기농 경영은 바로 그런 마음의 밭을 경영자와 직원들이 함께 가꾸어나가는 일입니다. 기업에서 농사법 이야기를 하니 의아할 수 있지만, 기업 운영이건 농사법이건 이치는 비슷하다고 봅니다. 당장 나타나는 효과는 농약이 최고입니다. 그러나 내성이란 것이 있습니다. 주변이 망가지는 것도 생각해야 합니다. 자칫 모든 작물과 생물이 죽어버리면 곤란합니다. 약을 많이 친 밭은 결국 자생력이 떨어지고 모두 죽습니다. 약이 스며들어 땅도, 강물도 죽습니다. 오래가려면 결국 약을 덜 치거나 유기농으로 농사짓는 것이 답입니다. 그런데 유기농은 혼자만 해서 되는 것이 아닙니다. 유기농을 하려면 인증을 받아야 하고, 주변의 땅들도 모두 이 농법에 찬성하고 같이해야 합니다. 그렇게 몇 년을 지켜내야 유기농 인증을 받습니다.

회사를 인수한 배경에는 사실 기본기에 대한 믿음이 있었습니다. 내가 군밤 장사에서 군밤 하나만 잘 굽는다고 해서 성공할수 없었던 것과 같은 이치입니다. 주변을 알고 또 개척해야 성공했던 것처럼, 동아전기공업이 차단기 시장에서 독자적인 기술을개발해 제품을 생산할 수 있었던 배경에는 50년간 쌓아온 기술과 경험이라는 굳건한 기본기가 있었습니다.

동아전기공업은 다른 회사와 달리 금형 제작부터 플라스틱금속 성형, 조립 시뮬레이션, 실험에 이르기까지 모든 생산 시설을 One Stop 시스템으로 갖추고 있습니다. 이런 기반 위에서회사 경영 방침에 새로운 바람을 불어넣었기에 모든 새로운 결과가 가능했습니다. 만약 기술의 뒷받침 없이 가격 경쟁을 통한무리한 매출 증대를 이루고 껍데기만 키웠다면 얼마 못 가서 회사 자체의 존립이 위험했을지도 모릅니다. 지속적인 연구개발투자로 새로운 신상품을 선보이면서 자연스럽게 매출 신장으로이어질 수 있도록 꽃을 피워야 합니다.

1955년 4월 설립 이래 회사는 전기 차단기 제조 분야에서 독보적 기술을 갖춘 중견기업으로 단상 전용 전자접촉기, 배선용차단기, 주택용 분전반 등을 생산하고 있습니다. 2015년 '수출유망 중소기업 인증', '중소기업인 우수대상', '300만 불 수출의 탑달성'을 수상하는 등 국내 전기 IT 분야의 수출 유망 기업이 되었습니다. 집집마다 두꺼비집이 있던 60~70년대 '두꺼비집' 하면 '동아'가 생각날 정도로 친숙한 이미지를 다져왔고, 이제는 'DONG-A'라는 브랜드로 글로벌 사용자에게 다가감으로써 세련된 기업 이미지를 만들어가고 있습니다. 이 모든 것은 유기농 경영에 의해서 가능해진 것입니다.

억지로 밤을 많이 구워야 소용없습니다. 그렇게 구운 밤이 제대로 된 밤도 아니고, 저절로 벌어지며 보름달 모양을 만들지도 않습니다. 꽃이건, 밤이건, 기업이건 결국 안에서 피워내는 것입니다.

투명하고 빛나는 CRM 구축하기

우리 회사의 강점은 빠른 의사결정과 투명한 자료 공개라고 할 수 있습니다. 이것은 뒤늦게 공부에 재미를 붙여서 주경야독으로 파고들어 대학원에서 쓴 논문에 나타난 내 경영 철학과 일맥상통하는 것입니다.

쑥스럽지만 〈내 체형에 맞는 중소기업 CRM Customer Relationship Management(근접고객관리기법)에 관한 연구〉라는 논문으로 고려대학교 경영대학원 53기 졸업생 가운데 최우수 논문상을 받았습니다. 이 논문에서 착안한 CRM 시스템 개발 덕분에 동아전기공업은 CRM 구축에 별도로 막대한 비용을 들이지 않고, 직접 만든 프로그램을 이용해 회사의 고객을 관리하고 있습니다.

재미난 사실은 내가 회사의 CRM에 '@, ☆,★, ◎, ⊙, ◆, ♣, ♨' 등과 같은 표시에 함축적 의미를 부여해 업무를 처리토록 설계했다는 사실입니다. 업무에 필요한 표시 부호를 고객 정보 검색 창에서 검색하면 효율적으로 고객 관리를 할 수 있기 때문입니다. 또 다른 중소기업들도 이 시스템을 이용하면 전자 결재 시스템 등 기초적인 기업 내의 IT를 기반으로 효율적인 CRM을 구축할 수 있으며, 특히 CEO가 컴맹 수준이라도 언제 어디서나 기업 현황, 고객 관리 현황을 한눈에 알 수 있습니다. 컴맹이었던 내가 컴맹을 탈출한 것처럼 말입니다.

이 시스템의 가장 기본적인 목적은 고객을 최우선시하고 가장 적절한 타이밍을 잡는 것에 두었습니다. 모든 프로젝트를 성사시키는 원동력은 발 빠른 대응력이며, 그런 대응이 기업과 개인의 미래 성취를 보장한다는 개념 아래 설정되었습니다. 해당 시스템을 통해 VIP 고객과 일반 고객, 잠정 고객, 확인되지 않았지만 언젠가 거래해야 할 고객 등을 종합적으로 관리할 수 있습니다. 그리고 거래 과정에서 악성 업체가 발생할 수 있다는 점을 감안, 그러한 업체들만 별도로 모아 중점적으로 관리할 수도 있게 했습니다.

무엇보다 나 같은 경영자가 출장 등으로 회사 밖에 있어도 언제 어디서든 업무를 챙겨 볼 수 있으며, 업무 현황을 파악하기 위해서 반드시 회사에 출근해 보고를 받고 결재나 지시를 해야 하는 번거로움에서도 해방될 수 있습니다. 실제로 나도 차 안에서 혹은 강연장에서 회사 일을 처리할 때가 많습니다. 그래서 평사원이 결재에 올린 내용을 다른 상급자들이 보기 전에 내가 먼저 결재하는 경우도 있습니다.

내가 만든 중소기업 CRM에서도 드러나지만, 동아전기공업의 강점은 빠른 의사결정과 투명한 자료 공개에 있습니다. 자료를 공개함으로써 경영진과 일반 사원에 구별을 두지 않습니다. 그래서 누가 무슨 일을 어떻게 처리했는지를 한눈에 알 수 있습니다. 회장이라고 해서 영화나 드라마처럼 자기 마음대로 회사 일을 독단적으로 결정할 수는 없습니다. 그렇게 되어서도 안 됩니다.

빠르고 정확한 판단은 기술연구소를 낳았습니다. 고집스럽고 우직한 기술 투자는 1999년 기술연구소를 설립한 이래 기술 개발에 40억 원 이상의 많은 비용을 투자하는 것이 가능하도록 했고, 그 결과 각종 인증과 명성을 획득했습니다. 그런 꾸준한 투자가 있었기에 회사의 경쟁력이 대기업에 밀리지 않고 오히려 더 뛰어난 제품을 공급할 수 있었습니다.

"무엇이 필요하다", "정말 필요하다"라는 결정과 의견이 오면 바로 전체의 검토와 동의를 거쳐 시설을 갖추었습니다. 회사는 그렇게 하나하나 착실히 내실을 다져 현재 본사 공장에 기술연구소, 금형제작실, 플라스틱 성형반과 금속 성형반, 조립반, 완제품 창고, 시뮬레이션실, 신뢰성 실험실 등 모든 생산 시설을 갖추고 있습니다.

사업은 인간이 할 수 있는
가장 아름다운 마술입니다

신세대 마술사 이은결 씨가 '마술사들의 월드컵'으로 불리는 '국제마술연맹FISM 월드챔피언십 2006' 제너럴 매직 부문에 출전해 당당히 1위를 차지한 이후, 마술에 대한 관심이 고조되었습니다. 벌써 10년이 넘은 일이군요.

그런데 나는 이미 2002년 후반부터 마술을 배우고 있었습니다. 포커, 카드 마술, 고무줄 마술, 종이컵, 동전 마술까지 20가지 이상의 마술을 할 수 있는 수준까지 올라갔습니다.

그동안 해리 포터의 영향 및 인터넷 문화의 확산으로 각종 동호회를 중심으로 마술에 관심을 갖는 사람들도 급속도로 늘어났습니다. 과거 몇몇 마니아들에 의해 겨우 명맥을 유지하던 마술은 가벼운 마술의 경우 정보가 오픈되면서 마술의 진정한 재미를 느낀 수많은 사람들에 의해 하나의 문화처럼 되었습니다.

누구나 마술 세계를 신비로운 세상이라 생각합니다. 생각지 못한 일들이 벌어지고 상상을 초월하는 광경이 펼쳐지기 때문입니다. 그러나 이 모든 마술을 단순히 "속임수다!"라고 말하는 것은 마술사가 들인 시간과 노력에 대한 모독입니다. 관객 앞에서 펼치는 마술은 손끝에서 이루어질 수 있는 또 하나의 놀이이며, 끊임없는 노력의 산물이기 때문입니다.

내가 마술을 배운 것은 강의 때문이었습니다. '마술하는 CEO'라는 타이틀은 훨씬 뒤에 붙여진 것입니다. 넥타이 맨 점잖은 회장님이 강단에서 현란한 마술을 연출하는 이유는 단 하나입니다. 감동을 전해야 하는 내 자신의 강의가 무거워지거나 지루해져 수강생들의 집중력이 흐려지는 것을 지켜보기가 안타까웠기 때문입니다. 그렇다고 해서 강압적인 교육법처럼 "일동 차렷하고 들어!"라고 할 수도 없는 것입니다. 그래서 도움이 될 것이라고 배웠습니다.

언젠가 전력기술인협회 회원 120여 명을 상대로 한 강의에서 시험 삼아서 실제 마술을 섞어가며 열강을 토해보니 졸거나 딴전 피우는 사람이 하나 없을 정도로, 수강생들의 마음을 마술로 홀릴 수 있다는 것을 알았습니다. 강의가 끝난 다음에도 난리가 날 정도였습니다. 이후 몇몇 호기심을 가진 신문사, 잡지사 기자들이 취재를 해가기도 했습니다. 이것이 대단히 흥미 있는 이야깃거리라고 생각했을 것입니다.

그런데 '마술하는 CEO'를 상상하는 것도 유쾌하겠지만, 내가 보기엔 인생 자체가 바로 마술이고 특히 사업이야말로 대단한 마술인 것 같습니다. 사업은 이 복잡한 세상을 똑바로 마주하며 부리는 마술 같은 행위입니다. 미국 상무부의 통계에 따르면, 매년 백만 명 이상이 어떤 형태로든 창업을 하고, 그중 절반에 가까운 40%가 창업 1년 안에 문을 닫습니다. 5년 안에는 80% 이상이 문을 닫습니다. 설사 어찌해서 5년을 버텼다 하더라도 살아남은 기업 중 80%가 그다음 5년 안에 망합니다. 결국 창업 기업이 10년 이상 생존할 확률은 단 4%에 불과하다는 소리입니다.

우리나라도 마찬가지입니다. 요즘 20대 청년 백수들도, 60대 은퇴자들도 모두가 진입장벽이 낮은 치킨집 창업을 가장 먼저 생각합니다. 덕분에 우리나라는 박사학위를 따도, 대기업에 취직해도 결국 결말은 치킨집이라는 '기승전起承轉-치킨집'의 인생을 살게 된다는 말까지 나오는 씁쓸한 상황입니다.

국내 치킨 시장 규모는 5조 원이라고 하지만, 국내 치킨집은 약 4만 개나 됩니다. 전 세계 맥도널드 매장을 더한 것보다 많습니다. 그리고 해마다 7천여 개가 새로 문을 여는 레드오션 시장이기도 합니다. 이렇게 문을 연 10곳 중 4곳이 3년 안에 반드시 폐업합니다.

창업 후 실패하는 사람들은 대체 무엇을 몰랐던 걸까요? 그리고 끝까지 살아남아 마침내 성공의 궤도에 올라선 4% 정도의 사람들은 대체 무엇을 알았던 걸까요? 바로 마술입니다. 살아남으려면 엇! 하는 사이에 변화할 수 있는 마술을 부리는 능력을 가지고 있거나, 부려야만 합니다. 이 단계에서 살아남은 기업만이 다음으로 나아갑니다.

내가 사업 때문에 만난 사람 중에서 사업에 실패한 사람들도 있습니다. 그런데 이들은 대부분 자신들이 재무나 마케팅, 운영을 몰라서 망했을 뿐, 그것만 잘했으면 안 망했을 것이라고 말합니다. 그런데 내게는 자기가 안다고 생각하는 것을 지키려고 시간과 에너지를 너무 낭비해서 망한 것처럼 보입니다.

고정관념. 관점, 보는 시각과 상식의 수준이 마술을 가능하게 합니다. 반대로 마술사는 그것을 깨고 이용할 때 마술의 이치에 접근할 수 있습니다. 마술사의 동전이 오른손에 있다는 착각, 그 자리에 있을 것이라는 믿음과 달리 마술사는 상대가 알아차리지 못하는 순간에 이미 왼손으로 동전을 옮겨놓았습니다. 이것들이 마술의 이치입니다. 이런 생각에서 벗어나지 못하는 한, 사업의 기술적인 부분을 잘 안다는 것은 강점이 아니라 치명적인 약점이 되기도 합니다. 왜냐하면 사업은 '기술자의 관점'에서 벗어나 '기업가의 관점'에서 부리는 마술이기 때문입니다. 그리고 기업가는 관중이 아닙니다.

세상에 버릴 경험은 없습니다

너무나 당연한 말이겠지만, 기억력이 좋으면 살면서 다른 사람보다 유리한 경쟁 우위가 생깁니다. 부럽기도 합니다. 반대로 흔히 인맥의 달인이라고 불리던 사람들이 과거 잠깐 만났던 사람의 이름, 또는 그와 관련이 있는 주요 정보를 잊어버리는 바람에 비즈니스에서 큰 기회를 놓치는 경우도 종종 있습니다.

거래처의 중요한 인물인 A가 생선을 먹지 않는다는 것을 기억하는 것이 그렇게 대단한 일이냐고 말할 수 있지만, 그렇게 될 수도 있습니다. A가 거래처의 갑이고, 이번에 큰 거래를 앞두고 단가 협상을 합니다. 딴에는 분위기를 맞춘답시고, 당연히 고급 일식집을 좋아할 거라는 생각에 어떤 양해도 없이 일식집을 예약합니다. 3~4년 전쯤의 미팅에서 A가 "저는 생선을 못 먹습니다"라고 정중히 말한 것을 전혀 기억하지 못했습니다. 단가 협상은 어떻게 될까요?

그래서 기억한다는 것은 여러모로, 특히 사업에서는 유리합니다. 앞서도 말했지만 내가 절박지수를 발휘해서 배운 것이 바로 관상이었습니다. 그리고 사주풀이 등을 하면서 이름을 기억하는 것이 강화되었습니다. 그 덕분에 다른 사람의 이름과 얼굴, 특징과 성향이 수십 년이 지나도 책의 페이지를 펼치면 쫙 나오는 것처럼 기억됩니다. 남들이 보기에 정말 유리한 위치에 선 것입니다. 물론 이렇게 되려고 공부한 것은 아닙니다. 다만 살면서 생긴 경험이 이렇게 도움이 되는 것입니다.

직장인 대다수가 이름을 잊는 것은 처음부터 이름을 기억하지 않았기 때문입니다. 얼굴을 보면서 이름을 입속으로 몇 번만 되뇌도 기억하는 데 큰 도움이 됩니다. 상대방의 이름을 이미 내가 알고 있는 사람과 연관 짓는 것도 좋은 방법입니다. 닮은 친구가 있다면 그 친구와 연결해 새로운 사람을 기억해두고, 외모나 목소리 등 다른 특징으로 기존의 친구와 연결 짓는 방법도 있습니다. 자신만의 기억법을 만드는 것도 한 방법입니다. 상대방의 얼굴을 전체적으로 바라보고 그중 가장 두드러지는 특징과 이름을 연결하는 것입니다.

만남이나 모임에서 활력소가 되는 존재도 내가 억지로 한 것은 아닙니다. 나도 내가 그런 존재라는 사실을 나중에야 알았습니다. 다른 사람, 특히 고민거리를 들고 오는 사람을 상대하다 보니 그게 태도와 말에 붙어서, 자연스럽게 타인에게 활력을 불어넣는 사람이 되었습니다. 그렇게 하루 이틀, 10년 20년이 되다

보니 정기적인 모임에서 주체적인 존재가 되었고, 만남이나 모임에서 존재감이 있는 사람이 되었습니다.

나는 말을 잘하는 사람이 아니라 말을 잘 들어주는 사람입니다. 만남이나 모임에서 영향력을 발휘하는 사람은 다른 사람의 말을 잘 들어주는 사람입니다. 이 사람이 1등입니다. 2등은 주변 환경에 맞춰서 말을 재미있게 하는 사람입니다. 최악은 자기 자랑이나 하고 싶은 말만 하는 사람입니다. 설마 이런 사람이 있을까 싶지만, 우리 주변의 절반 가까이가 이런 사람입니다.

존재감을 높이려면 다른 사람이 하지 않는 무언가를 해야 합니다. 다른 사람이 하지 않는 일정 부분의 희생도 해야 합니다. 듣기 싫은 소리지만 들어야 하고, 반박하기에 앞서 생각해야 합니다. 사람들을 자세히 관찰하고 관심 있게 지켜보며 때때로 서비스의 말이나 행동도 해주어야 합니다. 어떤 모임에서는 내 자신을 절묘하게 깎아내리면서 다른 사람에게 웃음을 주기도 했습니다. 내가 이런 조율을 잘합니다. 관상과 사주풀이 등을 하면서 사람의 마음을 들었다 놓았다 해본 경험이 풍부하기 때문입니다. 세상에 그래서 버릴 경험은 하나도 없나 봅니다.

목재상이 벌목공을 만났습니다

현재 브라이언 트레이시 인터내셔널 회장이자 미국 제일의 동기 부여 전문가이며, 인간의 잠재 능력 계발과 자기계발 분야의 베스트셀러 작가인 브라이언 트레이시Brian Tracy는 무일푼에서 성공한 전형적인 자수성가형 백만장자입니다. 생존을 위한 그의 첫 업무는 호텔 주방에서 접시를 닦는 것이었다고 합니다. 이후에도 목재소, 주유소, 주차장, 화물선 등을 쉽게 벗어나지 못한 채 자신에게 주어진 일들을 닥치는 대로 했다고 합니다.

벌목공으로 일하던 어느 겨울날의 새벽. 잘 곳이 없어 자동차 안에서 잠을 청하던 그는 지독한 추위에 잠에서 깨어 스스로에게 이런 질문을 던집니다. '나는 이렇게 살고 있는데 왜 어떤 사람들은 성공적인 삶을 사는가? 지금껏 지나온 인생과 같이 나의 미래는 계속 이렇게 암울할 것인가?' 두려움이 그를 덮쳤고, 그는 이 질문에 대한 해답을 얻기 위해 끊임없이 노력하고 실천하게 됩니다.

그리고 인생 밑바닥의 굴레를 벗어나기 위해 아프리카 대륙을 3년에 걸쳐 횡단합니다. 사하라 사막 횡단은 그에게 불굴의 도전 정신과 삶에 대한 애착을 가져다주었습니다. 세계 각국에서 갖가지 직업을 전전하며 얻은 실제적이고 실용적인 경험은 그를 세상에서 가장 영향력 있는 동기 부여가이자 작가로 만들었습니다. 심리학, 철학, 경제학, 경영 등의 분야에서 3만 시간 이상을 투자해 수많은 책과 논문을 섭렵하면서 폭넓은 지식을 쌓았습니다.

연초에 이미 100회 이상의 세미나와 워크숍으로 1년 치 스케줄이 가득 차고, 매년 50만 명 이상의 사람들에게 리더십, 매니지먼트, 세일즈, 전략 플래닝, 성공, 개인의 개발과 커리어 개발, 목표, 시간 관리, 창조성, 자긍심 등 다양한 주제로 강연하고 있습니다.

이분을 알게 되자 삶의 궤적이 나와 어찌나 비슷한지, 나는 그만 그의 강연과 책에 푹 빠져버렸습니다. 말하자면 대한민국의 군밤 장수가 미국의 벌목공에게 너무나도 강력한 유대감을 느낀 것입니다. 덕분에 나도 동아전기와 제일화학의 회장이자 평생감동개발원장으로 기업체와 여러 협회·단체에서 강연하고 있습니다. 브라이언 트레이시에게는 미치지 못하겠지만, 종로의 군밤 장수에서 관상쟁이, 목재업, 해운(수산)업, 화학업에 이르기까지 많은 직업과 인생 경험을 몸으로 체험한 전기인으로서 나름 유명 강사이기도 합니다.

그래서 이분이 개발했고 30여 년간 23개국의 프로 세일즈맨 50만 명 이상이 들었다는 세일즈 트레이닝 프로그램에 참가해서 직접 들었습니다. 그리고 그 강의에 감동해서 한국전력기술인협회 부산지회의 기술고문으로 있을 때 1억 원 이상의 사비를 털어 전기 기술, 감리사 등 전력기술인 협회 등록 전기인들을 교육시켰으며, 〈성취심리〉 1,000권을 구입해 책에 중요한 부분 밑줄을 쳐서 선물하기도 했습니다. 또 누가 알겠습니까. 이 강의를 듣고 내 도움을 얻은 사람 중에서 벌목공과 군밤 장수를 능가하는 인물이 나올지.

착각하지 마세요.
주는 사람이 성공합니다

통념이란 게 있습니다. 상식이란 것도 있습니다. 말하자면 '강한 사람이 이긴다' 같은 것입니다. 이런 통념에 따르면 탁월한 성공을 거둔 사람에게는 세 가지 공통점이 있습니다. 바로 '타고난 재능'과 '피나는 노력', '결정적인 타이밍'이 그것입니다.

여기에 더해서 나는 착한 사람이 성공한다고 말하고 싶습니다. 내가 이렇게 말하면 착각해서 말을 거꾸로 한 것이라고 하는 분도 있습니다. 착한 사람은 절대 성공할 수 없다고 굳게 믿기 때문입니다. 그러나 반대로 나는 독한 사람이 승자가 된다는 말을 믿지 않습니다. 즉, 강하고 독한 자가 모든 것을 가져간다는 '승자 독식'은 맞지 않습니다. 착한 사람은 이용만 당할 뿐 성공하기 어렵다는 불문율도 없어져야 합니다. 내 이익을 일단 잠깐 접고, 대신 누군가를 돕고, 내 지식과 정보를 기꺼이 공유하고, 때로는 남을 위해 자신의 이익을 일부 양보하는 사람이 어떻게 성공할 수 있을까 생각하십니까?

그렇다면 내게 군밤 장수 형님은 어떤 사람일까요? 독한 승자입니까? 아닙니다. 그 사람 같은 분이 착한 사람입니다. 그러면 왜 군밤 장수 형님이 나에게 덥석 주지 않았는지 궁금하시죠? 보통 그냥 주지 않습니다. 그냥 주면 귀한 것을 모르기 때문입니다. 어렵게, 힘들게 얻은 것일수록 가치가 있는 법입니다.

직장인들에게 한번 물어보고 싶습니다. 명함을 예로 들어 말해보겠습니다. 여러분은 명함을 챙깁니까? 바로 기억합니까? 이름과 직위와 직책을 기억합니까? 당사자 앞에서 명함을 구기거나, 손으로 톡톡 치거나, 회의가 끝나고 그냥 회의실에 두고 나오는 경우는 없습니까?

입장을 반대로 생각해보십시오. 여러분이 두 손으로 명함을 주었는데, 그 명함으로 장난을 치거나, 이를 쑤시거나, 아니면 "성이 박? 아니, 김이구나" 하면서 힐끗 보고 던진다면 그 사람을 다시 만나고 싶습니까? 설사 다시 만난다고 해도 그 사람에게 도움이 되고 싶습니까?

보통 상호 관계라고 말은 하지만, 실제는 다른 사람에게 꼭 필요한 것보다 자신의 이익을 우선시해서 생각하고 만나는 것이 상호 관계라고 알 것입니다. 또한 세상을 잡아먹지 않으면 잡아먹히는 치열한 경쟁의 장으로 보고, 성공하려면 남들보다 뛰어나고 독해야 한다고 생각할 것입니다. 하나를 주고 열을 얻으면 일을 잘한다는 소리를 듣습니다. 특히 일터에서 권력을 차지하고 경쟁에서 승리해 마침내 성공 사다리의 꼭대기에 오르기 위해서는 다른 사람의 이익보다 내 이익을 먼저 생각해야 하고 남보다 강해져야 한다는 철칙이 오랫동안 우리의 의식을 지배해 왔습니다. 한마디로 성공하기 위해서는 무조건 남보다 뛰어나야 한다고 믿었습니다. 그러나 이 독한 것들이 모두 성공한 것은 아닙니다.

그러나 조금만 생각해보면, 자신이 맡은 일만 열심히 하면 된다는 우등생식 사고방식은 직장 생활에서 왕따로 가는 지름길임을 알 것입니다. 또한 승자독식의 법칙은 자신이 잘나갈 때는 모르지만, 어려운 상황이 되면 최악으로 변하는 법칙입니다.

그러니 주저하지 말고 도움을 줄 수 있다면 주는 것이 좋습니다. 상대방의 상황이 어려우면 어려울수록 그 도움의 손길을 잊지 못할 것입니다. 베풀었던 도움은 얼마의 시간이 지나야 돌아올지는 모르지만, 반드시 은혜 갚은 제비의 부메랑이 되어서 나에게 돌아옵니다. 단, 도와주고 생색 낼 바엔 아예 도움을 주지 마십시오. 이런 도움은 도와주고 욕먹는 일입니다. 결론은 사업도 인간관계도 기브GIVE가 먼저이고, 다음이 받는 테이크TAKE입니다.

요구보다 중요한 것이
관계의 발전입니다

수많은 사람들이 하는 최악의 실수는 뭔가가 몹시 필요해질 때까지 다른 사람을 알려고 하지 않는다는 것입니다. 사람들과의 관계에서 이런 태도는 최악입니다. 만약 당신이 누군가의 무엇이 필요해서 그를 만나고 잘 해주는데 그 사실을 그가 안다면, 당신이 아무리 진실한 사람이라 해도 그는 당신을 경계하고 심지어 방어적으로 거부할 것입니다.

모든 사람들은 상대방이 자신에게 아무것도 원하지 않을 때 훨씬 더 기분이 좋고 깊은 인간관계가 맺어집니다. 대출받을 일이 전혀 없는데도 거래 은행의 직원과 함께 커피를 마시거나 이야기를 나누는 사람이 있을까요? 자동차를 사지 않는데 자동차 매장에 앉아서 판매원과 살갑게 이야기를 나누고, 보험에 들지 않는데 보험설계사를 만나 세상 사는 이야기를 나누는 사람이 세상에 얼마나 될까요? 그렇게 하는 사람은 드뭅니다.

그런데 그 드문 것을 하면 드문 값을 합니다. 상대방이 당신을 알고 당신을 믿으며 당신도 그 사람의 배우자와 아이들의 이름을 알 정도의 관계일 때, 또한 당신이 진실하고 믿을 만한 사람이라는 것을 그 사람이 이미 알 때 그 사람과 일하는 것이 얼마나 더 쉬워질까요.

나는 내가 사는 지역에서 가능한 한 많은 사람들과 알고 지내고 있습니다. 그리고 이런 만남을 매우 중요하게 생각합니다. 자동차, 병원, 골프장, 식당, 학교, 관공서는 물론 주변 사람들과도 친하게 지냅니다. 왜냐하면 그렇게 '그냥' 아는 사람들도 나에게 좋은 마음을 가지기 때문입니다. 사람들을 이용하는 것과도 상관이 없습니다. 사람들이 자기가 아는 사람, 자기가 믿는 사람, 자신에게 친절했던 사람을 기억하고 도와주고 싶어 하기 때문입니다. 이것을 진정한 의미의 관계라고 합니다.

이런 사람들 하나하나가 뭉치고 도와서 일을 만들고 삶을 이끌어갑니다. 그런데 아무도 나라는 존재를 알고 싶어 하지 않을 때가 있습니다. 친절을 베풀어도 받아들이고 싶어 하지 않을 때가 있습니다. 그건 내가 그들에게 뭔가를 바라고 있을 때, 바라는 것을 얻기 위해서만 행동할 때입니다. 그건 속인다고 해도 다 눈에 보입니다.

상대방이 능력을 발휘할 수 있게
도와주세요

회사 사훈 중에는 상대방이 능력을 발휘할 기회를 주는 것이 있습니다. 기회를 줄 뿐만 아니라 가능성을 믿어줄 때, 그가 참으로 놀라운 일을 할 수 있을 것입니다. 사람은 누구나 각기 다른 재능과 소질을 타고났다는 것을 아는 일이 중요합니다. 그리고 그 재능과 소질을 발휘할 수 있도록 돕는 것이 우리들 각자의 쌍방 역할이기도 합니다. 다시 말해 사람들이 어떤 일을 잘할 수 있을 때까지 팔짱 끼고 앉아서 기다리지만 말고, 또한 완벽하지 않다고 화내지 말고, 잘할 수 있는 환경을 만들어주는 것입니다.

내 주변에서 참 안타까운 일이 하나 있었습니다. 사업차 다른 회사에 갔는데, 그 회사 직원이 대표에게 꾸중을 듣고 있었습니다. 대표는 매일 그 사람이 출근하면 그가 얼마나 무능한지 상기시키면서 꾸중한다고 내게 말했습니다. 나는 그 말을 듣고 정말 놀랐습니다. 꾸중을 다른 사람 앞에서 하는 것도 꺼림칙한 일인데, 대표가 매일 규칙적으로 다른 사람 앞에서 그 사람의 약점과 결점을 지적하고 흠잡는다는 것입니다.

어떻게 될까요? 그 사람이 분발해서 발전할까요? 아닙니다. 사장을 겁내거나, 불안해하거나, 저주하거나, 사장이 없는 자리에서 미친 듯이 화를 낼 것이 틀림없습니다. 아니면 그 이상일 것입니다. 그렇다면 이런 사실을 대표는 모르는 것일까요? 참으로 답답합니다. 좋은 결과가 생기는 일도 아닌 것을 지속하는 이 무지함은 무엇이란 말입니까. 승자도 없고, 둘 다 패자인 게임입니다.

정작 사장이 할 일은 아직 하지 않았습니다. 직원을 혼내기에 앞서서 진심으로 존중하는 마음으로 대했다면, 그가 좀 더 헌신적으로 열심히 일하는 직원이 될 가능성이 훨씬 크지 않았을까요? 좀 더 친절하게 대했더라면, 그에게 고마워하는 부분을 찾아서 알려주고, 그가 일을 잘했을 때 잊지 않고 칭찬했다면, 직원은 더욱 열심히 일하지 않았을까요? 어떻게 해야 당신에게 더 많은 이익을 가져다줄 수 있을지를 생각하고 일하지 않았을까요?

허황된 생각 같습니까? 누구라도 예외 없이 우리 마음속에는 타인이 자신에 대해 좋은 인상을 갖길 바라는 마음이 들어 있습니다. 회사를 운영할 때는 다른 사람의 재능과 능력을 믿고 자신감과 안정된 마음을 갖도록 다독여야 회사 역시 성공할 수 있습니다. 피멍이 들도록 때려서 길들인 말과, 엉덩이를 토닥이며 사랑과 격려로 길들인 말이 달리는 거리가 같을 수는 없습니다.

회사도 조직도 가정도 타인의 창의적인 능력을 북돋아주고 신뢰하는 것이 가장 이상적인 공간인 밭을 만드는 일임을 알아야 합니다. 성공을 거둘 수 있는 환경에 씨를 뿌려야 싹이 나기 때문입니다. 밭에 씨를 뿌릴 때 기름진 땅과 적당한 습기, 알맞은 햇빛을 원할 것입니다. 마찬가지로 사람의 일에서도 그 사람의 능력을 발휘할 수 있는 터전인 밭이 있어야 합니다. 인정받고 있다는 느낌이 필요합니다.

이것이 유기농 경영의 원천입니다. 자생할 수 있으려면 사랑받아야 합니다. 당신이 상대를 믿고 그 사람이 당신에게 신뢰받고 있다는 사실을 알 때 마술 같은 일이 일어날 수 있습니다.

인생의 기회는 두 번째에 옵니다

인생의 큰 기회라고 하면 사람들은 보통 그것이 '처음'에 온다고 생각합니다. 그러나 회사를 운영하는 입장에서 말하자면, 보통 첫 번째가 아니라 '두 번째' 이후에 옵니다.

생각해보십시오. 회사에서 일을 하건, 자신의 사업을 하건, 누구나 사람들과 관계를 맺고 일과 돈을 주고받습니다. 누군가를 소개받고 그에게 일을 줄 때, 대부분 처음부터 규모나 금액이 큰 작업을 넘기지는 않습니다. 위험하기 때문입니다.

그 사람의 성품이나 작업 능력이나 실력을 잘 알지 못하기 때문입니다. 그래서 작은 것을 주고, 기대보다 더 좋은 결과를 얻을 때 비로소 큰일을 맡기게 됩니다. 그 큰 거래가 바로 '두 번째 기회'이며, 두 번째 기회가 종종 사람의 인생을 바꿉니다. 반대로 사람들은 빠른 시간 안에 좋은 결과가 있기를 기대합니다. 그래서 일하는 쌍방이 실망이 큰 사건들이 생기는 것입니다.

사업을 하다 보면 다양한 고객을 만나게 됩니다. 이 새로운 고객과 신뢰를 쌓아가는 데는 최소한 몇 년이라는 시간이 걸립니다. 그렇게 신뢰를 쌓고 첫 번째 인연을 소중히 여기고 오래 기다려야 두 번째 큰 기회가 찾아옵니다. 그런데 아쉽게도 사람들 대부분은 첫 인연의 소중함을, 또 그 인연을 잘 관리해서 두 번째 기회를 잡는 법을 깨닫지 못합니다. 바로 앞의 이익에만 눈에 불을 켜고 달려듭니다.

내 경험상 내가 조금쯤 '손해 보는 결정'을 할수록 좋은 일들이 뒤에 조용하게 생겨났습니다. '이 일을 양보하면 조금은 손해지만, 다음에도 계속 좋은 관계를 유지해야지'라고 생각했던 일은 결국 사람들과 관계가 좋아지게 했고, 모임이 잘 돌아가게 했으며, 회사도 계속 성장하게 만들었습니다. 오히려 손해 보는 만큼 성장했다고 해야 할 것입니다.

언뜻 보아서는 앞뒤가 맞지 않는 말처럼 보일 수 있습니다. 무조건 상대의 주머니에 있는 것을 내 것으로 만드는 것이 이익이라는 경제 방정식에서 보면 맞지 않는 말일 수 있으나, 눈앞에 보이는 이익이나 자존심보다 중요한 것이 있습니다. 바로 인간, 그리고 관계입니다. 우리가 '손해'라고 생각하는 것들은 대체로 '자존심'과 '금전적인 계산'을 거친 후 내리는 인간의 감정적인 결론입니다.

그러나 삶의 계산법은 단순히 숫자로만 이루어지지 않습니다. 숫자 이상의 가치나 지혜가 포함되어 있습니다.

내려놓으면 더 많은 것을
가질 수 있습니다

나는 방하착放下著이라는 말을 좋아합니다. 방하착은 '집착하는 마음을 내려놓으라' 또는 '마음을 편하게 가지라'는 뜻입니다. 우리 마음속에는 온갖 번뇌와 갈등, 스트레스, 원망, 집착 등이 얽혀 있는데, 그런 것을 모두 홀가분하게 벗어 던져버리라는 말이 방하착입니다. 버리는 것은 결코 손해가 아닙니다.

옛날 한 스님이 탁발을 하러 길을 떠났는데, 산세가 험한 가파른 절벽 근처를 지나게 되었습니다. 그때 절벽 아래서 "사람 살려!" 하는 소리가 들렸습니다. 소리가 들려오는 절벽 밑을 내려다보니, 어떤 사람이 실족했는지 굴러떨어지다 다행히 나뭇가지를 붙잡고 대롱대롱 매달려 살려달라고 발버둥을 치고 있었습니다. 스님이 물어보니 다급한 대답이 들려왔습니다.

"나는 앞을 못 보는 봉사올시다. 마을로 양식을 얻으러 가던 중 발을 헛디뎌 낭떠러지로 굴러떨어졌는데 다행히 이렇게 나뭇가지를 붙잡고 구사일생으로 살아 있습니다. 뉘신지 모르오나

어서 속히 나 좀 구해주십시오. 이제 힘이 빠져서 곧 죽을 지경입니다."

스님이 자세히 아래를 살펴보니, 그 장님이 붙잡고 매달려 있는 나뭇가지는 땅바닥에서 겨우 사람 키 절반 정도 떨어져 있었습니다. 뛰어내려도 다치지 않을 정도였던 것입니다. 스님이 장님에게 외칩니다.

"지금 잡고 있는 나뭇가지를 그냥 놓아버리시오. 그러면 더이상 힘 안 들이고 편안해질 수 있소!"

그러자 절벽 밑에서 장님이 애처롭게 애원합니다.

"아니, 내가 지금 이 나뭇가지를 놓아버리면 천길만길 낭떠러지로 떨어져 즉사할 겁니다. 앞 못 보는 사람이라고 하찮게 여기지 마시고, 제발 나 좀 살려주시오."

스님은 장님의 애원에도 불구하고, 살고 싶으면 당장 그 손을 놓으라고 계속 소리쳤습니다. 마침내 견디다 못한 장님이 손을 놓치자 툭 떨어지며 가볍게 엉덩방아를 찧었습니다. 잠시 후 정신을 차리고 몸을 가다듬은 장님은 어처구니없는 상황을 파악하고 황급히 자리를 떠났습니다.

사업에서 이런 방하착은 결국 내려놓고 먼저 주는 것입니다. 아무것도 주지 않는데, 먼저 넣는 소중한 마중물이 없는데 우물의 물이 펑펑 샘솟을 리는 없습니다. 마중물은 첫인사, 첫 거래, 첫 수입 같은 것입니다. 그것이 초심이 되고, 나중에 잔뜩 움켜쥐어서 고통스러울 때 내려놓는 기준이 됩니다.

지금 마음이 불안하다면 무엇인가에 집착하고 있는 것입니다. 불필요한 걱정을 하는 것도 욕심입니다. 과거에 얽매이거나 다가올 미래를 미리 걱정해봐야 마음만 괴로울 뿐입니다. 하지만 불행하게도 많은 사람들은 '집착하고 있는 것을 내려놓기 전에는 아무것도 얻을 수 없다'는 이 평범한 사실을 쉽게 인정하려 하지 않습니다. 집착으로 얻을 수 있는 것은 없습니다. 내려놓아야 합니다. 그래야 다시 짊어질 더 큰 무언가가 생겨나는 법입니다.

'일계지손이나 연계지익日計之損 年計之益'이 됩니다

🌵

'하루하루 계산해보면 부족한데, 연말에 가서 총계를 따져보니 남아돌더라'는 의미의 '일계지손日計之損이나 연계지익年計之益'은 《장자莊子》〈잡편雜篇〉에 나오는 '일계지이부족日計之而不足이요, 세계지이유여歲計之而有餘'라는 말에서 유래했습니다.

지금은 결국 사람의 마음을 살 수 있는 사람이 승자가 되는 세상입니다. 정보가 어디에 있는지를 알고 필요한 정보를 언제든지 활용하는 능력이 중요해진 시대에 성공하기 위해서는 다른 사람들이 나에게 먼저 신세지게 만들고, 먼저 기억나게 만들고, 먼저 감사하게 만들어야 합니다. 그렇게 하면 일계지손이나 연계지익이 됩니다.

《빙점》의 작가인 미우라 아야코三浦綾子는 이런 말을 했습니다.

"마음을 사는 첩경은 먼저 주는 것에 있다. 주는 것이 남는 것이다. 열심히 살다가 남는 것은 모아놓은 것이 아니라 남에게 준 것이다. 악착스레 모은 돈이나 재산은 그 누구의 마음에도 남지 않지만, 숨은 적선, 진실한 충고, 따뜻한 격려의 말 같은 것은 언제까지나 남게 된다. 조용히 돌아보면 이런 감명을 모르고 살아온 것 같다."

당장의 충족보다는 장기적으로 인생의 목적을 추구하는 삶, 나의 이익보다는 남의 이익을 먼저 챙겨주는 삶, 받기보다는 주는 데서 기쁨을 느끼는 삶이 진정한 성공과 행복에 이르는 길이라는 것을 이미 많은 성공한 사람들이 보여주고 있습니다.

줄 수 있는 것이 없을 것만 같지만, 생각만 바꾸면 우리에게는 남에게 줄 수 있는 것이 무진장 많습니다. 책을 나누고, 지식을 나누고, 경험을 나누고, 음식을 나누고, 무거운 물건을 같이 들어주고, 같이 웃어주고, 같이 울어주고, 같이 공감해줄 수 있습니다. 나누고, 나누고, 나누고, 주고, 주고, 또 주는 것이 가능합니다. 오늘 당장 체험해볼 수 있습니다.

감동 경영으로 최고의 기업을
만들고 싶습니다

요즘 회사원들은 출근할 때 영혼은 주차장에 파킹해놓고 회사로 들어간다는 말이 있을 정도로 무감동, 무성의한 삶을 직장에서 보내고 있다고 합니다. 그만큼 회사에서는 자기 영혼을 불태우는 열정이 없다는 것입니다. 회사에 충성하겠다는 직장인이 8%에 불과하다는 설문조사는 새삼 어제오늘의 결과는 아닙니다. 직장인치고 회사를 그만두겠다는 생각을 해보지 않은 사람은 없을 것입니다. 요즘 신입사원 가운데 3년 이내에 회사를 그만두는 비율이 30%를 넘는다는 통계도 있습니다. 회사는 운명공동체가 아니라고 생각합니다. 어쩌면 당연한 결과나 통계 자료인지도 모릅니다.

하지만 실제로 가정에서 보내는 시간보다 훨씬 많은 시간을 직장에서 보내는데, 그런 직장이라는 곳에서 삶의 의미를 찾지 못한다면 과연 어디에서 찾아야 한단 말인가요? 냉정하게 말해서 자본주의의 산물인 회사는 구성원 대부분에게 매우 중요하면서 동시에 거부하고 싶은 애증의 존재일 것입니다. 많은 직장인은 시간을 때우면 받게 되는 월급에만 집착합니다. 희망적으로 보자면 직장인들이 자아를 실현할 공간, 미래를 준비하고 꿈과 능력을 펼칠 공간이 회사지만, 대부분은 의식주를 해결하는 호구지책의 수단 이상이 되지는 못하고 있습니다. 평생직장의 개념은 멀리 사라져버렸습니다. 덕분에 더 불안해졌고 공동체라는 개념은 더 희박해졌습니다. 만일 이런 식으로 회사와 개인이 별개라고 생각하고 서로의 이익만 좇는다면 모두 자멸할 것입니다. 회사가 우수한 성과를 거두려면 개인이 헌신하는 자세가 필요하고 마음에서 우러나는 영혼의 운명공동체 의식이 반드시 필요합니다. 회사가 직원을 빛나는 별로 대우하고, 직원도 회사를 우주로 대접하는 운명공동체가 될 때 제품 혁신, 시장 개척, 아이디어 개발, 관리 비용 절감 같은 것들이 생겨납니다.

경영에서 중요한 것 중 하나가 사람, 인적 자원입니다. 인간 경영이라는 말처럼 일은 결국 사람이 하기에, 사람을 파악하고 관리하며 적재적소에 배치해 맡은바 임무를 잘하도록 관리하는 조직 관리가 궁극적으로 경영자가 해야 할 일입니다.

기업 경영의 본질은 사람의 마음을 아는 것에서 출발합니다. 직장인은 봉급만 주면 30%의 능력을, 남보다 더 주면 60%를 발휘한다고 합니다. 그런데 칭찬해주면 80%를, 신뢰를 주면 120% 발휘하게 된다는 사실은 아십니까?

돈도 포화량이라는 것이 있습니다. 그리고 상사의 결정이나 강요에 의해 진행하는 것이 아니라 스스로 결정하고 진정성을 가지고 자발적으로 일할 경우 더 많은 성과를 낸다고 합니다.

흔히 경영은 3단계의 간략한 프로세스를 가지고 있습니다. Plan, Do, See가 그것입니다. 계획을 세우고 실행하며 계획과 실행이 제대로 되는지 점검하는 것입니다. 이것은 모두 인간 중심의 경영에서 들여다봐야 해답이 있습니다.

일본에는 장수 기업이 많습니다. 어느 나라보다도 일본은 인간 경영의 소중함을 강조하고 있습니다. 유럽에도 강소기업, 장수 기업, 히든 챔피언이라고 불리는 기업이 많습니다. 일본에는 200년 넘는 기업이 3,100개, 1,000년 넘은 기업도 7개나 된다고 합니다. 반면에 한국에는 100년 넘은 기업이 두산그룹, 동화약품, 몽고식품 정도입니다. 직원과 경영자가 한마음으로 가지 않으면 100년을 유지하는 것은 불가능합니다. 우리 회사인 동아전기공업도 60년의 고개를 넘었습니다. 작은 세월이 아닙니다. 100년이라는 세월도 남의 일이 아니라 가능한 시간입니다. 그렇다면 어떻게 하면 가능할까요? 나는 감동 경영MOVE Leadership에 답이 있다고 봅니다.

우리가 잘 아는 카리스마 리더십은 "내가 무조건 책임진다. 그러니 나를 믿고 따르라!"는 스타일입니다. 이것이 인기였던 적도 있습니다. 조직을 개조하고 변혁할 긴급 상황에서는 빛을 발하기도 합니다. 하지만 민주화되고 차분한 오늘날의 조직에서는 사용하기 힘듭니다. 감동 리더십은 모든 것이 균형 잡힌 리더십이며 훌륭한 대안입니다.

사람을 경영한다는 것, 기업을 경영한다는 것은 중요하고도 민감한 문제입니다. 오늘날 이것을 잘할 수 있는 힘은 무엇보다도 '통찰력'에 있다고 할 것입니다. 그래서 나는 그 통찰의 힘을 기르는 데 최고의 자양분인 인문학人文學과 인지학人知學을 위해 끊임없는 사람 보기, 책 보기를 하고 있습니다.

직원의 마음에 감사의 씨를 심습니다

회사를 인수하고 얼마 안 되어 뒤숭숭하던 시절, 매일 아침 일찍 나와서 회사 주변을 한 바퀴 돌면서 떨어진 쓰레기를 줍고 치웠습니다. 누가 치웠는가는 중요한 것이 아닙니다. 언제 치웠는가가 중요합니다. 누구 차례인지 눈치 보지 말고 먼저 쓰레기를 치우는 회사가 살아남는다고 나는 생각합니다. 그렇게 믿고 있습니다.

자신이 누구보다 직위가 높은데 몇 번 더 쓰레기를 치웠다는 사실 또한 그다지 중요한 일이 아닙니다. 이런 일은 시시비비를 가리는 것에도 해당하지 않습니다. 그렇게 몇 번 쓰레기를 치운 후 아침에 출근해 보니 회사가 깔끔했습니다. 누군가 '먼저' 보이는 것마다 치운 것입니다.

자신은 쓰레기를 치우는 일과 같은 사소한 것들과는 '격'이 다르고 그럴 시간에 정말 중요한 일을 한다고 말하는 사람이 성공할 확률보다, 그런 시간을 알뜰하게 아껴서 아무렇지도 않게 쓰레기를 줍는 사람이 성공할 확률이 더 높습니다. 회사의 쓰레기를 치우는 사람이 따로 있는 것은 아니기 때문입니다. 게다가 대리가 줍는 쓰레기와 과장이 줍는 쓰레기가 다를 리가 없습니다.

習慣(습관)이라는 한자를 해석해보면 '어린 새가 날갯짓을 연습하듯 매일 반복하며, 날 때까지 자기 몸과 마음에 꿰인 듯 익숙해진 것'입니다. 습관은 몸에 배어 자동적으로 하는 행동입니다. 그래서 좋은 습관은 사람을 더 큰 길로 나아가게 하고, 나쁜 습관은 길로 접어들지도 못하고 삶을 마감하게 만듭니다. 습관이 제2의 천성이라는 말은 긍정적으로 쓰면 타고난 성품이고, 부정적으로 쓰면 죽어도 고치기 힘들다는 뜻이 됩니다.

이런 습관의 씨앗은 자신이 직접 심어야 합니다. 내가 무엇을 고치고 개선할 것인지 기준을 정하고, 언제부터 언제까지 어떻게 할 것인지 지인과 주변 사람들에게 공개하고 약속하고, 충동이 일어나면 바로 예전 습관대로 하지 말고 다른 행동을 끼워 넣어 조절하며, 습관이 형성되기까지 60일 정도는 미친 듯 반복하고 수정하고 지속해야 합니다. 담배를 끊는 것도 마찬가지입니다. 그러면 변하고 습관이 됩니다.

교실에서 똑같은 선생님에게서 같은 내용을 배웠는데 누구는 1등을 하고 누구는 20등을 하고 누구는 꼴찌를 합니다. 이유가 무엇입니까? 단순히 지능의 차이라고 생각하기 쉽지만 그렇지 않습니다. 습관의 차이입니다. 질문하는 습관, 경청하는 습관, 메모하는 습관이 지능의 차이를 능가합니다.

습관이 성적을 결정하고, 인생을 결정하고, 사업을 결정합니다.

'항상 웃는다. 친절하게 대한다, 친절의 대가를 바라지 않는다, 상대의 입장에서 생각한다. 상대의 말을 경청한다. 상대가 무엇을 원하는지를 잘 파악한다. 상대에게 지식과 정보를 제공한다. 상대가 성공하도록 돕는다. 상대를 기다리지 않게 한다. 지금 즉시 행동하며 산다. 상대를 즐겁게 대한다.'

이렇게 습관을 들이고 행동하면 하늘은 스스로 돕는 자를 돕습니다. 그렇게 될 수밖에 없습니다. 이런 습관의 힘을 키우기 위해서는 스스로 개선해서 몸에 완전히 배도록 하겠다는 혁신이 필요합니다. 낡은 것을 새롭고 좋게 바꾸는 마음의 준비와 도전이 필요합니다. 그리고 그것이 내 몸에 익숙해질 때까지, 숙련공이 될 때까지, 전문가가 될 때까지 반복하는 것이 필요합니다.

회사, 공전의 히트상품 개발!

미국의 심리학자인 미하이 칙센트미하이Mihaly Csikszentmihalyi는 히말라야를 오르는 등산가는 한 발만 잘못 디뎌도 천 길 낭떠러지인 길을 가면서 지금 이 순간의 한 걸음에 전심전력을 다한다고 했습니다. 그리고 목숨을 건 사투를 벌이면서도 그것을 너무나 즐겁게 여기고 집중하고 또 집중하며 한 걸음 한 걸음 정상을 향해 나아간다는 것입니다. 그리고 이것이 지금 이 순간의 '최고의 몰입'이라고 설명하고 있습니다.

기업에서 이런 정도의 몰입의 결과물은 바로 세계적인 히트상품이라고 할 것입니다. 한국 하면 떠오르는 히트상품이 있습니다. 한국 사람들이 세계 어느 나라 사람들보다 잘하는 것이 있습니다. 인터넷 속도와 IT 관련 상품의 유포 및 유통 속도가 빨라서 신상품 개발 후 테스트하는 곳이 바로 한국입니다. 한국에서 뜬 IT 상품은 세계에서도 먹힙니다.

양궁과 프로 골프, 특히나 한국 여자 양궁은 20년 가까운 세월 동안 세계 1위입니다. 미국 프로 골퍼 상위 100명 중에 30명이 한국 출신이라고 합니다. 결정적인 순간에 마인드가 흔들리지 않고 경기하는 집중력은 세계 최강인 듯합니다. 세계에서 유일하게 만들어진 목적이 분명한 언어인 한글 덕분에 우리나라의 문맹률은 세계 최저인 1% 미만입니다. 심지어 한글은 배우기 쉽고 사용하기 편리하기까지 해서 다른 나라에서 모국어 내지는 제1 외국어로 채택하고 있습니다.

제2차 세계대전이 끝난 뒤 새로 탄생하거나 식민지를 벗어나 독립한 국가는 85개국인데, 그중 70여 년 만에 산업화와 민주화를 동시에 성공한 유일한 나라이며, 후진국이나 개발도상국에서 선진국 대열에 합류한 유일한 나라가 바로 대한민국입니다. 유엔이 지원한 헐벗은 민둥산의 녹화 사업을 유일하게 성공시킨 나라가 우리이고, 질서, 청결, 시설 면에서 세계 최고 수준의 지하철과 공중 화장실을 가진 나라가 우리입니다.

중화학(자동차, 조선, 제철, 화학 외) 제품과 최첨단 스마트폰, 반도체, 2차 전지, 명품 TV 등 IT 제품으로 세계 수출 규모 6위를 달성했고, 세계 반도체(메모리) 산업의 시장점유율 70%를 차지하고 있습니다.

한국 기업 수의 99%를 차지하는 중소기업, 그중에서도 혁신 전략과 새로운 아이디어로 폭발적인 성공을 거둔 강소기업들이 있습니다. 이들을 스몰 자이언츠Small Giants라고 부릅니다. 작지만 강한Small and Strong 강소기업은 부족한 자금과 인력으로 출발했지만 자신만의 분명한 차별화 전략을 가지고 국내 시장을 장악하거나, 일찍부터 외국에 진출해 세계 시장 5위권 안에 진입함으로써 탄탄한 생존 기반을 구축했습니다. 그리고 세계적인 제품을 만들어냈습니다.

여기에 당당히 동아전기공업도 세계 최고라고 할 제품을 가지고 있습니다. 'ZCT 내장 일체형 PCB'를 세계 최초로 개발해 특허 출원 중에 있습니다. 또한 전력기기 제조업체 중에 유일하게 IOT 스마트 통신제어모듈 및 전자 PCB를 직접 제조하는 생산 라인을 갖추고 있습니다.

또한 전기자동차 충전기에 사용되는 전기 차단기는 고가에다 전량 수입에 의존했지만, 2017년 10월 국내 최초로 동아전기공업에서 개발에 성공해서 국내 업체에 저가에 공급하고 있습니다.

이처럼 앞선 기술을 바탕으로 스마트 기능이 포함된 분전반, 콘센트, 멀티탭, 도어록을 개발하여 IoT 기능이 장착된 스마트 홈오토메이션 제품을 글로벌 시장에 적극 수출하려고 합니다.

2018년에는 수출 500만 불, 2025년에 수출 3천만 불 달성을 목표로 삼고 있습니다. 이런 목표를 위해 연 매출액의 5% 이상을 연구개발에 투자하고, 오송 KTX역 바로 옆에 있는 첨단 바이오 IT산업단지에 3,000평의 건물을 지어 1,000평을 R&D 연구소

로 만들고 나머지 2,000평에는 첨단 스마트 IoT 통신모듈과 고부
가가치 전기 분야 전자기기 PCB를 만들어 외국에 수출하는 글로
벌 강소기업이 되려고 합니다.

독특한 경영철학과
사훈으로 도약합니다

뮤지컬 〈지킬 앤 하이드〉의 유명한 넘버인 '지금 이 순간This is the moment'은 지킬이 완성된 약물을 자기 몸에 투여하기 전에 부르는 노래입니다. 이렇게 약물을 투여한 뒤에 하이드가 되는, 하이라이트로 꼽히는 장면이죠. 뭔가 절실히 원하는 가사 덕분에 축가로 많이 쓰이긴 하지만 극중 내용을 보면 자신의 연구가 성공하기를 바라는 노래입니다.

영국의 소설가 찰스 리드Charles Reade는 성공을 원하는 사람들은 운명론 속에 자신을 가둬서는 안 된다고 말하며, "생각은 곧 말이 되고, 말은 행동이 되며, 행동은 습관으로 굳어지고, 습관은 성격이 되어 결국 운명이 된다"라는 유명한 말을 합니다. 운명이란 자신의 생각, 말, 성격, 행동이 불러오는 결과이기에 정해진 것이 아닙니다. 나의 생각을 바꾸고 습관을 바꾸면 운명도 달라지기 때문입니다.

인생이 바뀌기를 원한다면 지금 나의 태도를 바꿔야 합니다. 10년 후에 열정과 에너지가 넘치는 사람이 되기를 바란다면 오

늘부터 열정과 에너지를 가진 사람이 되어야 합니다. 삶의 태도
는 한순간에 결정되는 것이 아니기 때문입니다. 태도란 현재 선
택의 총계總計입니다. 지금 긍정적인 사람이 10년 후에도 긍정적
인 사람이 될 수 있고, 지금 자발적인 사람이 10년 후에도 자발적
인 사람이 될 수 있는 것입니다. 미래의 모습은 오늘의 선택으로
이루어집니다. 그러므로 10년 후에 이루고 싶은 모습이 있다면
오늘부터 가꿔나가야 합니다.

이런 바탕 위에서 내가 경영하고 있는 동아전기공업(주)와 제
일화학(주)의 사훈 1번은 '지금 이 순간 최선을 다하라'입니다.
단, 나의 최선은 아래 7가지 조건으로 항상 직원들에게 문제 제
기를 하는 것입니다.

첫째, 내 개인과 회사를 위하고 있는가?
(회사가 없는 개인은 존재할 수 없기 때문에)

둘째, 나의 최선이 경제성에 바탕을 두고 있는가?
(아무리 좋은 사업이라도 수익이 있어야 함)

셋째, 나의 최선이 합리성에 바탕을 두고 있는가?
(수익이 보장되어도 합리적인 사고로 모든 일을 진행해야 함)

넷째, 나의 최선이 신뢰성에 바탕을 두고 있는가?
(신용과 믿음이 있어야 함)

다섯째, 나의 최선이 창의성에 바탕을 두고 있는가?

(미래는 번쩍번쩍하는 아이디어가 있어야 함)

여섯째, 나의 최선이 예의범절에 바탕을 두고 있는가?

(아무리 돈을 많이 벌어도 위아래를 아는 예절이 있어야 함)

일곱째, 나의 최선이 비록 미미하고 하찮은 것이라도 상대방을 위하여 즐겁고 유익한 감동을 주고 있는가?

(어떤 경우라도 상대방을 배려하는 마음부터 모든 이에게 감동을 주어야 함)

아무리 좋은 명언이라도 구체적이면서 철저할 정도로 현실에 바탕을 둔 행위가 전제되지 않으면 미사여구를 나열한 공상이고 망상일 뿐이기 때문입니다. 나는 이 일곱 가지 항목 중 특히 강조하는 부분이 마지막 "나의 최선이 비록 미미하고 하찮은 것이라도 상대방을 위하여 즐겁고 유익한 감동을 주고 있는가?"입니다.

왜냐하면 역사적으로 성공한 사람들의 전기를 읽어보면 거의 전부가 상대방을 위하여 헌신하고 유익함을 주다 보니 자기도 모르는 사이에 부와 명예, 그리고 행복을 만들어냈기 때문입니다. 대체적으로 이런 사고방식을 갖고 있는 사람들은 어려움에 봉착하더라도 자족할 줄 아는 마음을 바탕에 깔고 있습니다.

가령 식당을 경영하는 주인이면 어떻게 하면 손님들이 불편함 없이 음식을 맛있게 먹고 갈 수 있는가를 앉으나 서나 생각하며 행동해야 할 것이요, 나처럼 제조업을 하는 사람은 매일매일 어떻게 하면 소비자가 제품에 만족하며 우리 회사 제품을 편하게 사용할 수 있는가를 연구하고 노력해야 할 것입니다. 나는 이런 물음으로 항상 직원들에게 문제 제기를 합니다. 이런 태도는 어려웠던 인생 항로를 통해 마음과 머리에 쌓은, 삶에 대한 사랑과 끊임없는 도전을 기억하고 이를 경영에 접목했기에 가능했습니다.

황금률을 기억하세요!

드라마나 영화에서 악당들이 나쁜 일을 하려고 할 때, 주인공
이 전혀 모르는 평범한 사람들의 작은 도움으로 이를 알거나 물
리치는 경우가 종종 있습니다. 악당 입장에서 본다면 그야말로
분통이 터질 일입니다. 다 된 밥에 재를 톡톡 뿌리는 행동이기 때
문입니다. 하지만 이처럼 모든 일이 잘될 수 있는 것은 좋은 사람
들의 황금률golden rule이 있기 때문입니다. 추운 겨울 저녁, 경비
아저씨에게 건넨 호빵과 고생하신다는 말 한마디가 우리 집에서
생겨난 대형 화재를 작은 사고로 막아주기도 합니다. '남에게 대
접받고 싶다면 너도 남을 그렇게 대접하라'는 말이 있습니다. 이
마술 같은 공식을 다른 말로 한다면 어떻게 표현할 수 있을까요?
"준 대로 돌아온다" 정도가 될 것입니다.

준 대로 돌아옵니다. 당신이 다른 사람을 대우한 대로 당신도
대우받을 것입니다. 당신이 공정하고 정중하며 친절한 대우를
받아야겠다면, 남이 당신을 돕고 또한 칭찬하기를 원한다면, 당
신이 해야 할 일은 당신부터 남을 그렇게 대우하는 것입니다. 남

을 도와주고, 남에게 친절하고, 남에게 관대하고, 남에게 고맙다고 먼저 말해야 합니다. 주는 것과 받는 것은 동전의 양면과 같습니다. 주는 것과 받는 것은 똑같은 절대적 에너지의 징후입니다. 궁극적으로 당신이 세상에 제공하는 것을 정확히 언젠가는 다시 얻을 것입니다.

남의 성공을 기뻐한 적이 있습니까? 정말 솔직하게 타인의 성공이나 잘된 모습을 보고 한 치의 시기심도 없이 기뻐한 적이 있습니까? 자신에게 정직해져봅시다. 반대로 누군가가 실패하기를 몰래 바란 적은 없습니까? 당신보다 더 성공하지 않았으면 하는 마음은 없었습니까? 충격적이지만 이런 이야기도 있습니다.

절친한 두 친구가 길을 가다가 보석 하나씩을 줍습니다. 그러자 소원을 들어주는 신이 나타나서 친구 A에게 말합니다. "너에게 한 가지 소원을 들어줄 것이다. 대신 너의 친구 B는 네 소원의 딱 2배를 가지게 될 것이다." 친구 A는 무엇을 선택했을까요? 생각합니다. 자신이 100억을 가지면 친구는 200억을 가진 부자가 되고, 아름다운 부인을 원하면 2배 아름다운 부인을 친구가 가지게 됩니다. 친구 A의 선택은 놀랍게도 자신의 한쪽 눈을 멀게 해달라는 것이었습니다.

이게 이해가 되지 않습니까? 질투와 시기는 그만큼 무서운 것입니다. 남이 잘되기를 바라는 것이 얼마나 어려운 일인지 말해 주는 이야기입니다. 특히 친구나 동료, 이웃, 가족 등 당신이 잘 아는 사람일 때 더 그렇다는 것이 충격적이지만, 사실입니다. 옆 자리 동료의 승진, 내 동생의 관직 당선, 옆집 남편의 외제차를 보고 있는 것조차 힘든 것이 사람의 마음입니다. 우리는 인간이 기에 질투하게 마련입니다. 습관적으로 그런 마음을 가질 수도 있습니다. 하지만 분명한 것은 당신은 그보다는 더 존엄하고 귀하며 높은 존재라는 사실입니다. 질투에 자신을 불태우는 불나방 같은 존재가 아닙니다. 그리고 그것이 당신의 최대 관심사도 아닙니다.

진정 최고의 자리에 오르는 사람은 모두가 잘되기를 바라는 사람입니다. 남이 잘되기를 바랄 때 자신의 기분이 얼마나 좋은지 한번 체험해보십시오. 남이 잘되도록 돕는 것은 결국 돌고 돌아 자신을 돕는 행위입니다. 주는 것과 받는 것은 동전의 양면이라는 말을 다시 한 번 기억하십시오. 정말이지 남의 성공을 바라볼 때 내 성공을 보는 것처럼 기분 좋아하고 남의 성공을 기뻐하는 사람만이 자신을 더욱 '큰 사람'이 되게 합니다.

감동의 약장수가 되고 싶다

"자아~~ 날이면 날마다 오는 게 아냐~! 그렇다고 달이면 달마다 오는 것도 아냐~! 기회는 딱 한 번, 지금뿐이야. 아주머니, 아저씨! 저기 숨은 처녀, 부끄러워 말고 이리 가까이 와봐! 애들은 가라~ 애들은 가. 애들은 집에 가서 그냥 푹 자라. 제발 좀 자. 저기 모른 척하는 아저씨! 바짓가랑이에 신발 다 젖을 약한 체력이야. 그럴 때 이거 서너 마리 푹 고아 잡숴봐~ 화장실 변기에 금이 쩍쩍 가도 나는 책임일랑 못 져. 자, 날아가던 독수리가 왜 떨어져! 기어가던 거북이가 왜 뛰어가! 다 정력이 답이야. 정력이 문제야. 애들은 가라~ 이 약으로 말씀드릴 것 같으면⋯."

1970~80년대 시골 장터에는 약장수가 많았습니다. 이들은 걸쭉한 말솜씨로 약을 팔았습니다. 약은 이러나저러나 결국 성능은 만병통치약이라고 했습니다. 사오십 년 전 볼거리 없던 시절에 시골 장터 유랑 약장수는 종합 예술가이기도 했습니다. 아주 시골은 아니지만, 텔레비전도 없는 동네에 공연하는 팀이 오면 동네가 떠들썩했습니다. 춤과 노래, 연극도 더러 했습니다. 극

장이 어떻게 생겼는지, 고등학생이 되기 전에는 한 번도 갈 수 없었던 가난한 아이들은 약장수의 무료 공연을 통해서 어렴풋이 가수라는 직업, 배우라는 직업, 차력사의 세계, 오늘날 MC와 코미디언의 합작품인 만담가 재주꾼도 만났습니다.

나는 지난 세월 동안 배우지 못한 한(恨)과 배우려는 노력이 합쳐져서 수많은 강의 자료를 모을 수 있었습니다. 감동을 주는 강사들의 강의를 빼놓지 않고 듣거나 내용을 수집했습니다. 지난 35년 동안 수집한 강의 내용은 4,000여 편. 이 감동을 혼자만 간직하지 않고 더 많은 사람과 공유하는 것도 열심히 했습니다. 해당 강의 내용을 테이프나 CD에 수록해 직원과 지인 들에게 매월 2,000여 개씩 꾸준히 나누어주는 '감동 전도사'의 역할을 자임한 것입니다. 시절이 바뀌어서 카세트테이프가 CD로, CD가 다시 mp3 파일로 바뀌는 동안에도 계속되고 있습니다. mp3 플레이어를 1,000개 구입해 강의 내용을 담아 나누어주기도 했고, 지금은 USB에 담아서 원하는 분에게 나누어주고 있습니다.

10년이 넘는 세월 동안 부업 삼아서 한 강사 활동은 내가 겪어온 인생 반전의 성공 스토리를 남들에게 전해주면서, 모든 이들이 간절히 바라는 바를 이룰 수 있도록 도움을 주는 '성공 전도사'의 소임도 다하고 있습니다. 다행스럽게도 많은 분들이 좋아해주어서 이젠 기업이나 기관 단체의 단골 강사로 초청될 정도로 평판을 얻고 있습니다. 최근에는 삼성석유화학(주), 서울대학교 공과대학, 연세대학교 경제대학원, 해군의 함대사령부, 2군단 사령부, 육군 수도포병여단, 공군 교육사령부 등 육·해·공군에서 모두 찾아주십니다.

그리고 전기안전공사와 전력기술인협회 등에서 초청받아 군밤 장수가 어떻게 회사를 운영하는 회장이 되었는지, 우리가 어떻게 살아야 진정한 삶의 프로가 되는지를 눈물의 조미료를 넣어 강의하고 있습니다. 강의로 한 달의 절반 이상을 보낼 정도로 인기가 있습니다. 나 또한 동아전기공업(주)의 회장이기보다 '감동을 파는 약장수'로 남고 싶은 마음입니다. 동아전기공업(주)와 제일화학(주)의 지속적인 발전을 위한 변화라면 스스럼없이 그렇게 할 수 있습니다.

평생감동개발원을 운영합니다

앞서 말한 대로 근 35년 동안 남에게 감동을 주는 유명 인사들의 강의 자료를 수집하고 있습니다. 수집 동기는 원래 남들이 다 다니는 대학에도 가지 못했고, 그러다 보니 배우고 아는 게 미천하다는 사실을 절감한 것입니다. 목마른 놈이 우물을 파고 늦게 배운 도둑이 날 새는 줄 모른다고, 내 능력을 계발하기 위해 각계각층의 유명 강사들을 찾아다니면서 강의를 들었습니다. 집으로 돌아와서 복기하면서 학습하다 보니 어느새 주옥같은 테이프 등이 방에 쌓아두기도 곤란한 상태까지 가게 되었습니다.

거기다 이 감동적인 테이프나 자료들을 혼자 누리고 있다는 자체가 나에게 새로운 삶, 새로운 시간의 유익함을 주신 주위 분들을 배신하는 것 같아서 매달 약 2,000개를 만들어서 친구, 친지, 거래처, 몇몇 초등학교, 중·고등학교장은 물론 하루 생활에서 나와 인연이 닿는 모든 사람에게 무료로 나누어주고 있습니다.

이런 뜬금없는 행동에 어떤 친구는 "광수 저놈이 앞으로 국회 진출하려고 미리 운동하는 것 아닌가?" 하고 놀리기도 합니다.

하지만 그것은 나를 잘 몰라서 하는 소리입니다. 척박한 땅을 일구려면 소똥, 닭똥을 땅에 골고루 뿌려 옥토를 일구어가듯이, 황폐한 마음의 땅을 옥토로 바꾸는 데 가장 좋은 거름은 감동의 눈물뿐이라고 확신하기 때문에, 이런 행동을 통해서 우리 모두가 마음의 땅을 가꾸자는 것이 내 진정한 목적입니다. 그래서 다소 돈이 들더라도 우리 주변에 진한 감동을 주는 즐거움을 선사하고자 이런 자료를 나눠주는 것입니다.

어쩌면 그렇게 살아가는 것이 내가 젊게 사는 비결이 아닌가 하고 생각합니다. 이처럼 나는 살아 있는 한 항상 남에게 감동을 주는 사람이 되자고 다짐했으며, '평생감동개발원'은 그런 마음을 담아서 만든 것입니다. 이러한 행동 덕분에 많은 사람들에게 감읍할 정도로 보상을 받았습니다. 기업체와 사회단체에서 특강을 할 정도로 사회적 대접도 받고 있습니다.

한국의 대표적인 벤처사업가인 정문술 사장님이 지은 책 《왜 벌써 절망합니까》에는 '가장 유능한 사람은 모든 경우로부터 배우는 사람이며, 그 배움이 남들에게 감동을 주는 것이어야 한다'라는 구절이 있습니다. 성공과 실패의 차이는 바로 이러한 덕목을 바탕으로 한 마음가짐이 있고 없고의 차이가 아니겠습니까.

학습 공동체인 평생감동개발원이 필요한 것은 '멀리 가려면 함께 가라!'라는 말이 있듯이 평생 혼자 공부하는 것이 힘든 일임을 이미 내가 겪어보았기 때문입니다. 시대에 따라 우리는 서로 소통하고 제휴해 협력을 이끌어내고 통합하는 상호 작용이 있어야만 개인이건 조직이건 변화할 수 있고 지속적으로 성장할 수 있습니다.

현재를 그래서 통합과 통섭의 시대라고 합니다. 지식과 학습은 공유와 협력을 통해 시너지를 창출할 수 있습니다. 그런 의미에서 평생학습 공동체인 '평생감동개발원'은 정말 우리에게 꼭 필요한 공간입니다. 나는 회사 직원은 물론 누구라도 더 나은 생각을 찾고 내가 누구이고 무엇을 원하는지에 대한 답을 찾을 수 있는 공간으로 이곳을 사용했으면 합니다. 이렇게 산 지혜를 찾는 귀한 배움의 공동체가 있다면 공부의 길이 외롭거나 힘들지 않고 참 좋을 것이라고 생각합니다.

이렇게는 살 수 없다면 무조건 독서!

일본항공의 승무원이었던 미즈키 아키코美月あきこ는 국제선 비행기 일등석 승객들의 행동과 습관을 관찰한 결과를 책으로 묶어냈습니다. 그녀가 소개한 일등석 사람들의 특징은 모두 여섯 가지였습니다. 그중에서 기억나는 맨 앞의 두 가지가 바로 '메모'와 '독서'였습니다. 첫째, 일등석 승객들은 절대 펜을 빌리지 않았습니다. 항상 메모하는 습관이 있었기에 자신만의 필기구를 반드시 가지고 다녔다고 합니다. 둘째, 일등석 승객들은 전자 기기보다 신문이나 책을 선호했습니다. 특히 전기나 역사서를 많이 읽었으며, 가벼운 '베스트셀러'보다는 묵직한 '스테디셀러'를 즐겼다고 합니다.

신기한 사람이 드문 것인지, 내가 기행을 일삼는 것인지는 몰라도 매년 한두 차례 신문, 방송, 잡지 등에서 취재를 다녀갑니다. 그럴 때마다 두 시간이 넘는 인터뷰를 마치고 돌아서는 기자에게 나는 책과 mp3 플레이어나 USB를 한 아름 선물합니다. 그래서 '독서 전도사'라는 별명도 붙었습니다.

보통 우리가 어떤 문서를 작성할 때 취미란에 독서라고 쓰는 것은 독서가 좋아서라기보다는 그냥 별다른 취미가 없고 제일 만만한 것을 적다 보니 그런 경우가 대부분입니다.

하지만 나의 독서는 취미 생활에서 출발한 것이 아니라 절박한 마지막 벼랑 끝에서 시작한, 그야말로 생존의 독서였습니다. 밑바닥 생활에서 평생 이렇게 살 수 없다는 생각을 한 순간, 내가 할 수 있는 가장 빠르고 가장 저렴하며 가장 고귀한 행동을 했습니다. 그게 바로 지독한 독서입니다. 나는 매 순간의 고비와 매 순간의 판단을 모두 책에서 얻은 지식과 삶의 지혜를 조합해서 선택하고 결정했습니다. 그리고 책에서 배운 교훈을 사업에 적용했습니다. 결과는 지금의 나를 있게 만들었습니다.

지금은 없는 시간을 쪼개서 책을 읽고 있지만, 과거 독서는 나에게 정말 사치였고 거리가 먼 행동이었습니다. 마산상고를 졸업한 후 부산과 서울을 떠돌며 호떡 장사, 군밤 장사, 역술인 등 안 해본 일이 없었고, 당장의 생활고를 해결하는 일도 벅차 밥이 먼저이지 책이 먼저일 수 없는 삶이 대부분이었습니다. 그러나 언제까지 이렇게 살 수는 없다고 생각해 책을 읽기 시작했습니다. 어렵게 읽은 책은 그만큼 큰 감동과 교훈을 안겨주었습니다.

실제로 나는 기업인으로서보다 독서 문화 확산에 앞장서온 것으로 더 유명하고 그렇게 평가받고 싶습니다. 앉아서 읽다가

지루하면 서서 읽고, 목욕할 때도 읽고, 심지어 운전 도중 정지 신호에 걸리면 책을 펴 들던 적도 있었습니다. 이 좋은 책을 두고는 당장 죽지도 못할 것만 같았습니다. 그렇게 좋은 책을 그동안 만나는 사람마다 선물했는데 언젠가 한번 헤아려보니 족히 1만 권이 넘을 것 같았습니다. 그 사실이 너무나 가슴 뿌듯했습니다. 죽기 전에 10만 권의 책을 선물하고 싶은 욕심도 생깁니다. 내가 선물한 책이 그 사람들에게 감동과 영감을 전파해 그의 삶이 조금이라도 윤택해질 수 있다면 이보다 복된 일이 어디 있겠습니까.

나는 직원들은 물론 영업을 위해 만난 거래처 사람, 친구, 생면부지의 인사들에게도 항상 책을 선물합니다. 그런데 내가 선물하는 책은 약간 독특합니다. 새 책이 아니라 밑줄이 그어져 있기 때문입니다. 때때로 책갈피 사이에 마음이 담긴 편지도 남기기 때문에, 책장을 넘기다 이런 쪽지를 발견하고는 깜짝 놀라는 분도 있습니다. 시간이 부족한 사람들이나 책 읽기에 익숙하지 않은 사람에게 내가 받았던 감동을 그대로 전달하기 위해서 나 자신이 감동받은 구절에 밑줄을 그어주고 있습니다.

직원들에게 독서를 통해 영감을 불어넣었고 그 결과 통신 기능이 부가된 'ZCT 내장형 배전 차단기'를 세계 최초로 개발, 공전의 히트상품으로 만들었습니다. 이 덕분에 회사 매출이 10년 새 3배 가까이 껑충 뛰었습니다. 책값이 얼마나 들었겠습니까.

나는 지금도 책에서 얻었던 기쁨을 전달하는 데 열중하고 있습니다. 1년에 적어도 100차례 이상 책 읽기의 방법과 즐거움에 대해 강의하고 있으며, 2007년부터는 아예 독서 훈련을 시키는 독서 캠프 '리딩&라이프Reading&Life'를 만들어 500명이 넘는 독서 리더들을 길러냈습니다. 한 권의 책이 사람의 운명을 바꿀 수 있다는 말을 나는 믿기 때문입니다.

슬프게도 요즘 젊은이들은 독서를 하지 않는다고 합니다. 통계에 따르면 고등학생 가운데 한 달에 책을 한 권도 읽지 않는 학생이 전체의 40%에 달합니다. 바꿔 생각하면 세상에 재미있는 일이 도처에 넘쳐나는데 독서 따위를 할 틈이 있겠습니까. 어른도 예외가 아닙니다. 업무에 관한 책을 제외하면 책을 읽는다고 말할 수 있는 사람은 아마 그렇게 많지 않을 것입니다.

현대인들은 텔레비전, 게임, 만화, 유원지나 수영장, 그리고 학원이나 피아노, 특별 활동, 쇼핑 등으로 바쁩니다. 그리고 여름방학 같은 때는 여행으로 바쁘고요. 하지만 전문 분야와 지식이 부족하면 자신감을 상실할 수밖에 없습니다. 그럴 때 책은 단시간에 정보를 취득할 수 있는 좋은 양식입니다. 책은 인생 선배, 직장 선배의 경험을 배우는 또 다른 통로입니다. 자기 분야의 책을 읽으면 읽을수록 지식이 풍부해져 업무 능률이 오르고 업무 이해력도 높아집니다. 남들이 실컷 고생한 것으로 자신을 개선

할 수 있으니 눈치 안 보고 얼마나 좋습니까. 시간이 없다면 시간을 정해서 독서를 해보십시오.

출퇴근 시간을 이용하고 퇴근 후에 TV를 보는 시간을 줄여 하루에 1시간만 확보한다면 1주일에 1권가량은 읽을 수 있습니다. 그러면 1년에 50권이 됩니다. 이렇게 읽은 책이 인생을 바꿉니다. 퍼스트클래스에 타는 인생을 만들 수도 있습니다.

내가 계속해서 독서를 강조하는 것은 성공한 사람들의 공통점이 책을 가까이 하며 경험과 조언을 듣고 그것을 따라했다는 것을 알았기 때문입니다.

물건의 값을 구하는 공식은 '수량×단가=값'입니다. 나는 수량을 '세월, 나이, 시간'으로 바꾸고 단가를 '독서량, 경험, 자기가치'로 바꾸어 값을 구하는 삶의 공식을 만들었습니다.

결국 자신의 값을 올리려면 A. 많은 경험(경험을 많이 한 사람이 지혜로운 사람), B. 독서(1년에 1권 책 읽는 사람과 하루에 1권 읽고 요약정리한 사람과의 차이를 생각해봅시다), C. 나의 가치(value)가 높아져야 합니다.

목마른 놈이 우물의 두레박을
길어 올립니다

영어에서 가장 많이 사용되는 동사가 무엇인지 아시나요? 그 단어는 'will'입니다. will의 뜻은 '의지'입니다. 곧 어떤 일을 이루고자 하는 마음입니다. 사무실이 더럽다, 식물이 시들었다. 물통이 비었다 등등의 말을 하기만 하고 앉아 있는 사무실 직원을 생각해본 적이 있습니까? 그 사무실이 누구의 사무실입니까? 나의 사무실, 우리의 사무실, 여러분 모두를 위한 사무실입니다. 그러나 자신은 꼼짝하지 않습니다. 누군가 더러운 사무실을 청소하고, 시든 식물에게 물을 주고, 빈 물통을 채울 것이라고 생각합니다. 생각만 합니다. 누가 그렇게 해야 합니까? 나 아닌 다른 누군가 해줄 것이라고 믿습니까? 다른 누군가도 그렇게 생각한다면 어떻게 하겠습니까?

사람들 대부분은 주어진 환경에서 누가 던져주는 것에만 익숙한, 그것을 받아먹는 것에만 익숙한 편한 인생을 살아왔습니다. 이런 생활 속에서 노력하지 않고 모든 일을 받아들이는 습관이 몸에 배어버렸습니다. 하지만 불행하게도 입과 눈은 상상을 초월하는 수준으로 날카롭게 발달해서 비평, 비난, 지시만 하는 인간이 되어버렸습니다.

나는 일류를 좋아하지만 딱 하나, '일류 비평가보다 삼류 실천가가 되라'고 말하고 싶습니다. 이 세상에는 말만 그럴듯하게 하고, 실제로는 날이 가고 달이 가고 해가 가도록 아무것도 하지 않는 사람들이 많습니다. 그런 사람 옆에서 같이 좀비 같은 삶을 살아갈 생각은 하지 마십시오. 뭐든 좋으니 직접 한번 해보십시오. 아주 작은 일이라도 얼마나 힘든 수고가 필요한지 깨닫게 될 것입니다. 실패하면 좀 어떻습니까? 아무것도 하지 않으면서 세계를 다 안다는 듯이 행동하는 사람보다, 힘들여서 작은 것이라도 얻은 사람을 나는 더 인정하고 싶습니다. 적어도 그것이 진짜로 사는 삶이라고 생각합니다.

뛰어난 사람은 주위에
얼마든지 있습니다

자신이 스스로 뛰어난 사람이 되려고 노력하는 것만큼 중요한 것은, 주변에 있는 뛰어난 사람을 거부하지 않고 시기하지 않고 발굴해서 쓰는 것입니다. 그런 능력이 더 뛰어난 능력입니다. '유유상종'이라는 말이 있습니다. 비슷한 사람끼리 모인다는 뜻이죠. 그러나 이런 집단 속에 푹 빠져 있으면 좀처럼 진보하지 못하는 법입니다. 껍질을 깨고 여러 가지 체험을 하는 게 좋습니다. 힘들긴 하겠지만요. 그리고 이왕이면 자기보다 못한 사람보다는 뛰어난 사람과 접촉하는 게 좋습니다. 그런 사람에게서 여러 가지 자극을 받는 것이 정신적인 성장에 얼마나 중요한지 모릅니다. 위인전을 읽는 이유도 여기에 있습니다. 이미 돌아가신 분이지만 간접적으로라도 자극을 받으면 도움이 됩니다.

"세상에는 백락伯樂이 있은 다음에 천리마가 있는 것이다. 천리마는 항상 있는 것이지만, 그를 알아보는 백락은 항상 있는 게 아니다. 그러므로 비록 명마가 있다 한들 백락이 없으면, 명마가 하찮은 말들 틈에 섞여 아랫것들 손에 길러져 여물통과 마판 사이를 배회하다 죽게 된다. 그래서 결코 천리마의 이름을 얻지 못하게 된다."

"하루에 천 리를 달리는 말은 한 끼에 곡식 한 섬을 먹는다. 그런데 말을 먹이는 사람이 천리마임을 모르고 여느 말 먹이듯 하니, 그 말이 비록 하루에 천 리를 내닫는 재능을 지니고 있다 한들 먹는 것이 변변치 못하여 힘을 못 내니 어찌 재능의 아름다움을 나타낼 수 있겠는가. 차라리 보통 말들과 똑같아보려고 하나 그도 또한 되기 어렵다. 아, 천리마가 있다 한들, 어찌 그 뛰어난 재주(천 리를 달릴 수 있는 것)를 펼 수 있겠는가."

《전국책戰國策》에 나오는 말입니다. 백락일고伯樂一顧라는 말은 명마名馬도 백락을 만나야 세상에 알려진다는 뜻으로, 재능 있는 사람도 그 재주를 알아주는 사람을 만나야 빛을 발한다는 말입니다.

나의 호도 백락伯樂입니다. 호를 이렇게 지은 것은 아무리 뛰어난 준마가 있어도 알아보는 사람이 있어야만 그 능력을 발휘한다는 말처럼, 내가 뛰어난 사람을 볼 줄 알고 그 사람을 쓸 수 있기를 바라기 때문입니다. 지혜로운 신하가 있어도 이를 알아보는 현명한 군주가 있어야만 재능을 발휘할 수 있습니다. 제갈량諸葛亮도 유비劉備를 만나고 나서 지혜를 발휘한 것입니다. 제갈량이 아무리 잘났어도 유비가 삼고초려하지 않았으면 말짱 꽝입니다. 백락이라는 호처럼 나는 사람을 감별하고 쓰임받도록 하고 싶습니다.

지식은 평면이고
지혜는 입체입니다

요즘 기업의 화두가 4차 산업혁명입니다. IoT, 3D 프린트 같은 것들이 그것입니다. 우리 회사도 이와 관련이 조금은 있습니다. '금형'이란 금속 재료를 사용해 만든 틀을 말합니다. 그리고 사출금형이란 플라스틱 재료를 고온·고압으로 녹인 다음 미리 달아놓은 금형 안에 붓고 냉각시켜 플라스틱 제품을 만들 때 쓰는 틀입니다. 즉, 같은 크기의 제품을 대량으로 만들기 위해 필요한 금속 틀을 말합니다. 주변에서 흔히 보는 페트병, 단추, 볼펜 등등 대량 생산되는 모든 형태의 플라스틱 제품이 사출금형에 의해 제작되고 있습니다.

나도 산업박람회에 참가해서 사출금형과 같은 것을 아예 3D 프린터로 하는 시대가 오지 않을까 하는 상상도 해보았습니다. 3D 프린터는 3차원 도면 데이터(모델링)를 이용해 입체적인 출력이 가능하기 때문입니다.

그런데 나는 지식이 종이에 인쇄하는 프린터라면, 지혜는 3D 프린터라는 생각이 들었습니다. 물론 지식은 아주 훌륭한 자질입니다. 그러나 두 가지 중에서 선택해야 한다면 지식보다 지혜가 훨씬 중요하다고 말하겠습니다. 지식이 많은 사람 중에는 그 많은 지식을 최고의 이익을 얻는 데 사용하지 못하는 사람이 많기 때문입니다. 지능이 대단히 높지만 아주 불행한 인생을 사는 사람도 많습니다.

유감스럽게도 이 사람들은 지혜의 위력을 잘 모르는 것 같습니다. 지혜는 지능과 달라 정확히 측정되진 않습니다. 눈에 보이지 않습니다. 밖으로 드러나지 않습니다. 다만 인정하는 것뿐입니다. 지혜에는 사물을 보는 힘, 자발성, 사회적 기능 같은 면이 들어 있습니다. 그래서 지혜는 다소 직관적인 느낌입니다. 간단히 말하면 지혜는 대답을 구하거나, 계산하거나, 생각할 필요 없이 아는 능력에 가깝습니다. 그래서 지혜는 명백한 것을 아는 것이라는 말이 있습니다.

지혜를 아주 잘 설명하는 이야기가 있습니다. 트럭 한 대가 굴다리 밑에 끼었습니다. 굴다리를 통과하다가 중간에 걸려서 오지도 가지도 못하게 된 것입니다. 차가 워낙 크고 높아 방법이 없습니다. 교통경찰관이 이 문제를 해결하기 위해, 그 도시에서 가장 유능하고 영리하며 돈도 많이 줘야 하는 엔지니어를 불렀습니다. 그들은 컴퓨터와 계산기, 각종 장비를 가져왔습니다. 그러나 아무리 생각해도 트럭과 굴다리를 손상시키지 않고 트럭을 옮기는 방법을 찾아낼 수가 없었습니다. 그때 한 꼬마가 그들이 있는 쪽으로 걸어와서 이렇게 말합니다.

"아저씨, 트럭 바퀴의 바람을 빼면 안 돼요?"

자기 직업에서 큰 성공을 거둔 사람이 반드시 지식이 가장 뛰어나다거나 최고의 교육을 받은 것은 아닙니다. 하버드 대학을 나왔지만 돈을 버는 일에는 고전을 면치 못하는 사람도 많이 있습니다. 그 대단한 학력에도 불구하고 말입니다. 대개 큰돈을 번 사람이나 그 일을 아주 즐겁게 할 수 있는 사람은 매우 독창적이고 의욕적이며 직관적입니다. 또한 직감이 대단히 민감하고 정확합니다. 기회가 왔을 때 그 기회를 알아볼 줄 아는 사람입니다. 이런 자질은 지식이 아니라 지혜로부터 옵니다. 결론을 말하자면 책에서 얻어지는 지식은 실생활에서 살려야 비로소 지혜가 된다는 것입니다.

인조 때 학자 조위한이 유생들과 함께 홍문관에서 글을 읽고 있는데, 한 유생이 느닷없이 책을 내던졌습니다. "책을 덮기만 하면 방금 읽은 것도 머릿속에서 달아나니 책을 읽은들 무슨 소용이람?" 이를 본 조위한이 말했습니다. "밥이 항상 사람의 배 속에 남아 있는 것이 아니라 똥이 되어 빠져나가고 그 정기만 남아 신체를 윤택하게 하는 것처럼, 책을 읽고 당장 그 내용을 잊어버린다 해도 무엇인가 진전되는 것이 있는 법이네."

나는 지혜가 바로 그 정기이며, 지식은 잘못하면 똥이 된다는 뜻으로 이해했습니다. 동의하십니까?

경청이 얼마나 중요한지 니 모르나?

🌵

요즘 사람들은 한 번에 참 많은 것들을 하고 삽니다. 이러다 밥 먹으면서 똥도 쌀 판입니다. 그런데 멀티에 능하다는 것이 칭찬할 일이 아닌 경우도 있습니다. 멀티태스킹을 하지 말아야 할 때가 있습니다. 바로 상대방과 대화할 때입니다. 상대방과의 대화를 심도 있게 끌어가는 것을 방해하기 때문만이 아니라, 이것은 기본적으로 지켜야 할 예의입니다. 핸드폰, 카페의 음악이나 스크린 등에 시선을 돌리면서 대화에 임하는 것은 대화에 관심이 없다고 비언어적인 의사 표현을 하는 것과 같습니다. 핸드폰을 꺼내두어야 한다면 최소한 진동으로 해두는 것이 매너입니다.

사람들은 화술이라고 하면 자신이 말을 그럴듯하게 잘하는 것이 중요하다고 생각합니다. 그러나 화술의 99%는 잘 듣는 것입니다. 경청傾聽은 상대의 말을 듣기만 하는 것이 아니라, 상대방이 전달하고자 하는 말의 내용은 물론 그 내면에 깔려 있는 동기나 정서에 귀를 기울여 듣고, 자신이 이해했다면 그것을 말하는 상대방에게 피드백feedback해주는 것까지를 모두 말합니다.

사업을 하는 사람이든, 영업을 하는 사람이든, 고객을 상대하는 사람이든, 타인과 튼튼하고 단단한 관계를 맺을 수 있는 가장 쉬운 방법은 바로 대화를 나누는 것입니다. 그러나 대화를 나눈다고 해서 무조건 좋은 결과가 나오는 것은 아닙니다. 상대방의 이야기를 잘 들어주는 대화여야 합니다. 경청이 중요한 이유입니다.

대화할 때 주의할 점은, 배울 것이 전혀 없는 것처럼 느껴지는 대화라도 분명 타산지석으로 삼을 것들이 충분히 있다는 것입니다. 자신이 가진 편견, 추측, 아집 같은 것은 벗어 던지고 대화에 임해야 합니다. 자신의 신념, 의견, 판단 등은 잠시 옆으로 밀어두고 대화에 임해야 합니다. 상대방이 자신의 생각과 다른 이야기를 펼치더라도 그 이야기 자체에만 호기심을 가지고 들어보십시오. 그들의 이야기를 경청할수록, 그들도 자신들의 생각과는 다른 당신의 이야기를 경청해줄 것입니다.

대화에서 거들먹거리는 사람도 생각보다 많습니다. 참 답답한 노릇입니다. 다른 사람의 생각을 변화시키겠다거나, 어떤 논쟁을 통해 자신의 우월함을 증명하겠다는 태도로 대화에 임한다면 그 대화는 안 하느니만 못한 것이 되기 때문입니다. 자신의 신념이나 의견을 무조건적으로 밀어붙이며 강요하거나, 자신이 상대방보다 더 많은 것을 알고 있으니 입 다물고 들으라는 식으로 이야기하거나, 원하지도 않은 인생의 조언이나 충고를 내뱉는다면 상대방은 다시는 당신과 대화하고 싶어 하지 않을 것입니다. 차라리 반대가 낫습니다. 모르는 건 모른다고 말하는 것입니다. 화제에 올라온 무언가를 모르면 모른다고 말하고 그에 관해 호기심을 갖고 질문을 던지면 됩니다. 아무도 당신을 흉보지 않습니다.

거들먹거리는 사람만큼 위험한 사람이 함부로 잘난 체하면서 자신의 경험을 남의 경험에 덮어씌우는 사람입니다. "어, 내가 그 일을 해봐서 잘 알지. 그게 말이야~"라고 말하는 사람입니다. 무엇이 되었든 당신의 경험과 타인의 경험은 절대 같을 수 없습니다. 만약 어떤 사람이 자신이 겪었던 힘든 시간을 이야기할 때, 그 상황이 자신과 비슷하다고 해서 거기에 당신의 경험을 덮어씌워 이야기한다면 최악입니다. 그저 들어주고 그들의 경험에서 무엇을 배울 수 있는지만 생각하십시오.

이처럼 경청, 즉 남의 말에 귀 기울인다는 것은 단순히 다른 사람이 얘기하는 도중에 끼어들거나 말을 끝맺도록 강요하지 않는 것 이상을 의미합니다. 상대방의 말에 대해 성급하게 자기 의견을 표시할 기회를 엿보기보다는 다른 사람의 생각을 모두 듣고 종합적으로 파악해야 합니다. 세상의 모든 사람은 자신의 얘기를 진지하게 경청해주는 사람과 이야기하는 것을 좋아한다는 진리를 항상 명심합시다.

감동의 낙서와 메모를 수집합니다

들은 건 잊기 쉽습니다. 본 것도 시간이 지나면 흐려집니다. 그래서 기록을 합니다. 그래서 기록은 기억보다 강하다고 합니다. 오늘날은 정보와 지식이 생활의 필수 에너지로 작용하는 사회입니다. 그만큼 우리는 매일 수많은 정보와 지식을 입력하고 처리하며, 의사를 결정하고 그에 따라 행동하며 살아가고 있습니다. 받아들일 것이 얼마나 많은지 모릅니다. 아마 '망각'이라는 뇌 특유의 활동이 없다면 사람은 미쳐버렸을지도 모릅니다. 그래서 메모란 잊어버리지 않기 위해 하는 게 아니라 기록한 후 확실히 안심하고 잊기 위해 하는 것이란 말도 있습니다. 기록하고 안심하고 잊을 수 있는 기쁨을 만끽하는 것이 바로 메모라는 것입니다.

항상 머리를 창의적으로 쓰는 사람은 성공한다고 합니다. 그리고 그 비결은 바로 '메모 습관'이라고 합니다. 인간의 기억력에는 분명 한계가 있습니다. 그래서 남들보다 앞서나가는 사람은 머리가 좋은 사람이 아니라 메모를 잘하는 사람입니다. 메모는 인간이 결점이 있기 때문에 하는 것이니, 결점을 보완해준다면 굳이 마다할 필요가 없습니다. 기억력이 정말 좋은 사람들은 다르겠지만, 일상생활에서 생각의 끈을 놓지 않기 위해선 메모하는 버릇을 들이는 것이 좋습니다.

직장인 대부분은 눈코 뜰 새 없이 바빠서 약속이나 해야 할 일을 종종 잊어버립니다. 다음에 해야 할 일, 만나야 할 사람을 간단히 메모해두면 시간을 효율적으로 관리할 수 있습니다. 주변 사람들, 인터넷, 언론 매체, 전시회, 자기 자신으로부터도 정보가 나옵니다. 메모를 통해 이렇게 무수히 들어오는 정보를 쉽고 빠르게 취합할 수 있습니다. 그리고 이런 정보를 수집하는 것은 가장 기초적이고 효율적인 판단의 근거 자료가 됩니다.

사실 어떤 일이나 프로젝트나 사업이나 해결책인 아이디어는 때를 가리지 않고 떠오릅니다. 샤워하는 도중이나 잠자리에 들어가는 순간, 운전 중에도 번뜩 생각이 납니다. 순간적인 발상을 나중에 떠올려보면 금세 잊었기 때문에 소용이 없습니다. 너무나 안타깝게도 이 아이디어는 10분 뒤에 다시 생각날 수도 있고, 영원히 생각나지 않을 수도 있습니다. 별것 아닌 것조차 그렇습니다.

판소리 흥보가興甫歌의 한 대목인 화초장 타령花草欌打令이 이런 경우와 비슷합니다. 부자가 된 흥부 집에 놀부가 찾아와 잘 대접을 받고서 화초장 하나를 얻어서 가는 장면인데 그만 이름을 잊어버리고 맙니다.

"화초장 화초장 화초장 화초장 화초장 얻었네
얻었네 화초장 하나를 얻었구나.
얼씨구나 화초장 절씨구나 화초장
또랑 하나를 건너뛰다가 앗차 잊었구나
이것이 무엇이냐. 장은 장인데 모르것다
잡것이 거꾸로 붙여도 모르겠다
(말하듯이) 초장화 화장초 아니여
(말하듯이) 장초화 그것도 아니고
… 운운."

이런 미칠 지경의 회상을 하기 싫다면 항상 작은 수첩을 휴대하고 다니면서 떠오르는 것을 놓치지 말고 적어두는 것이 좋습니다.

나도 언젠가부터 언제 어디서든 기록하는 습관을 가지고 무언가를 끊임없이 적습니다. 특히 좋은 글, 마음을 움직이는 글, 웃음과 유머는 어디에서나 필요한 관계의 윤활유이기 때문에 꼭 적습니다. 유머를 많이 아는 것은 사람을 만날 때 대화를 부드럽게 하는 무기를 지닌 셈입니다. 실제로 유머나 좋은 글을 메모하는 CEO들도 적지 않습니다. 메모를 안 하면 정작 써먹으려고 할 때 머리에서만 맴돌고 입으로 나오지 않기 때문입니다. 쓰면서 익히고 또 외우는 것입니다. 어디서 재미있는 이야기를 들었거나 보았다고 하더라도 인간의 기억력은 한계가 있기 때문에, 메모를 습관화해서 따로 정리할 때 복습해야 나중에 다른 사람에게 전달할 수 있습니다. 나의 이 메모 습관은 나중에 감사의 글을 만드는 데 큰 도움이 되었습니다.

감동과 감사의 글을 수집합니다

자신만의 어록을 모아서 책 같은 것을 만들려면 어떻게 해야할까요? 최선은 책을 많이 읽고 틈틈이 감동의 문구를 적어두는 것입니다. 그리고 시간을 두고 들여다보면서 자신만의 생각으로 다시 녹여내는 것입니다. 따라서 1차적으로는 메모가 중요합니다. 먼저 다른 사람의 명언을 아는 것에서 시작하기 때문입니다. 멋과 맛이 느껴지는 말이란 글로 적어놓았을 때 비로소 진가를 나타내는 법입니다. 적어놓지 않으면 한순간의 감동으로 끝나고 얼마 안 가서 어렴풋한 느낌만 남습니다. 볼 때는 열 줄의 글이 단숨에 마음에 남았는데, 돌아서서 차를 몰고 나오면 그 메모의 한 줄도 입안에서만 맴돕니다. 메모를 해두면 그것을 반복해서 볼 수 있고 그러다 보면 머리와 마음속에 깊이 새길 수 있습니다. 그러니 자신을 가다듬을 수 있는 교훈적인 말이 있다면 반드시 메모해두십시오. 그리고 틈나는 대로 마음속에 되새기면 좋습니다. 일상에서 쉽게 접할 수 있지만 무심코 잊어버리는 삶의 지혜와 진리들을 거리의 지혜로 치부하기엔 너무 안타까워, 평소 메모를 즐기는 나는 1년을 쓴다는 수첩이 한 달을 버티지 못하고 교체됩니다.

우리를 일깨우는 아름다운 이야기, 알면서도 실천하지 못했던 일, 바로 이 순간 우리들의 생활에 적용하기를 바라며 내가 감동 전도사로 가는 과정에서 참 열정적으로 감동의 글귀를 수집하던 시절이 있었습니다. 아니, 감동을 적극적으로 찾아다녔습니다. 내게 감동을 주는 이들은 꼭 많이 배웠거나 유명한 인물들만은 아니었습니다. 오다가다 허름한 밥집에 걸려 있는 작자 미상의 액자에서조차 나는 인생의 진리를 줍는 수집가였습니다. 20년이 넘는 세월 동안 내 수첩에 적힌 글 중 일부만 여기 소개하려고 합니다.

> 머리에는 지혜가, 이마에는 예절이, 눈에는 슬기가, 입에는 친절이, 가슴에는 사랑이, 그리고 손에는 노동이, 발에는 질서가 있게 하소서 –
> **참된 삶(1996년 7월 다대포의 어느 횟집)**

> 쓰디쓴 말 한마디가 증오의 씨를 뿌리고 , 무례한 말 한마디가 사랑의 불을 끕니다. **–부산 괴정동 어느 식당의 벽걸이에서**

> 아버지란 울 곳이 없어 슬픈 사람이다. 아버지란 돌아가신 후에야 보고 싶은 사람이다(하략) **–경주 어느 호텔의 벽에 걸려 있는 액자를 보고**

✉ 나이 든 사람을 위한 삶의 지혜

늙은이가 되면 설치지 말고 미운 소리 우는소리 헐뜯는 소리 그리고 군소릴랑 하지도 말고 조심조심 일러주고 알고도 모르는 척 어수룩하소. 그렇게 사는 것이 평안하다오.

이기려 하지 마소. 져주시구려. 지는 것이 이기는 것이오. 한걸음 물러서서 讓步하는 것, 이것이 智慧롭게 살아가는 비결이라오. 돈, 돈 욕심을 버리시구려. 아무리 많은 돈 가졌다 해도 죽으면 가져갈 수 없는 것. 많은 돈 남겨 자식들 싸움하게 만들지 말고 살아 있는 동안 많이 뿌려서 산더미 같은 德을 쌓으시구려. 언제나 감사함을 잊지를 말고 어디서나 언제나 고마워하오.

그렇지만 그것은 겉 이야기요. 정말로 돈을 놓치지 말고 죽을 때까지 꼭 잡아야 하오. 옛 친구 만나거든 술 한잔 사주고 손주 보면 용돈 한 푼 줄 돈 있어야 하오 남의 신세 지지 말고 남이 나를 따르게 하소. 옛날 일들일랑 모두 다 잊고 잘난 체 자랑일랑 하지를 마소.

우리들의 시대는 다 지나갔으니 아무리 버티려고 애를 써봐도 이 몸이 마음대로 되지를 않소.

그대는 뜨는 해, 나는 지는 해. 그런 마음으로 지내시구려. 나의 자녀 나의 손자 그리고 이웃 누구에게든지 좋게 뵈는 늙은이로 사시구려. 멍청하면 안 되오.

아프면 안 되오. 내가 못다 한 孝 자식인들 어찌 다하겠소. 우리끼리 말이지만 사실이라오. 늦었지만 바둑도 배우고 체조도 하시구려. 맑은 공기 마시며 山行이라도 하시구려. 아무쪼록 오래오래 사시구려.

−1996년 10월경 용원컨트리클럽 밑의 고향집 식당 벽걸이 표구를 보고 메모

✉ 가장 멋진 인생이란?

• 아름다운 덕목 •

가장 현명한 사람은 늘 배우려고 노력하는 사람이고,

가장 겸손한 사람은 개구리가 되어서도 올챙이 적 시절을 잊지 않는 사람이다.

가장 넉넉한 사람은 자기한테 주어진 몫에 대하여 불평불만이 없는 사람이다.

가장 강한 사람은 타오르는 욕망을 스스로 자제할 수 있는 사람이며,

가장 겸손한 사람은 자신이 처한 현실에 대하여 감사하는 사람이고,

가장 존경받는 부자는 적시적소에 돈을 쓸 줄 아는 사람이다.

가장 건강한 사람은 늘 웃는 사람이며,

가장 인간성이 좋은 사람은 남에게 피해를 주지 않고 살아가는 사람이다.

가장 좋은 스승은 제자에게 자신이 가진 지식을 아낌없이 주는 사람

이고,

가장 훌륭한 자식은 부모님의 마음을 상하지 않게 하는 사람이다.

가장 현명한 사람은 놀 때는 세상 모든 것을 잊고 놀며 일할 때는 오로지 일에만 전념하는 사람이다.

가장 좋은 인격은 자기 자신을 알고 겸손하게 처신하는 사람이고,

가장 부지런한 사람은 늘 일하는 사람이며,

가장 훌륭한 삶을 산 사람은 살아 있을 때보다 죽었을 때 이름이 빛나는 사람이다.

– 1996년 10월 15일 경북 감천 어느 식당 벽걸이를 보고

맥아더 장군 기도문

나에게 이러한 자녀를 주시옵소서

약할 때에 자기를 분별할 수 있는 강한 힘과

무서울 때 자신을 잃지 않을 수 있는 담대함을 가지고

정직한 패배에 부끄러워하지 않고 태연하며

승리에 겸손하고 온유한 자녀를 나에게 주시옵소서

생각해야 할 때에 고집하지 말게 하시고

주를 알고 자신을 아는 것이 지식의 기초임을 아는

자녀를 나에게 허락하시옵소서

바라옵기는

그를 평탄하고 안이한 길로 인도하지 마시고

고난과 도전에 대하여 분투 항거할 줄 알도록 인도하여 주시옵소서

그리하여 폭풍우 속에서도 용감히 싸울 줄 알고

패자를 관용할 줄 알도록 가르쳐 주시옵소서

그 마음이 깨끗하고 그 목표가 높은 자녀,

남을 정복하려고 하기 전에 먼저

자기 자신을 생각하는 자녀를

나에게 주시옵소서

이것을 다 주신 다음

이에 더하여

내 자녀에게 유머를 알게 하시어

인생을 엄숙하게 살아감과 동시에

삶을 즐길 줄 알게 하옵소서

자기 자신을 너무 중대하게 여기지 말고

겸손한 마음을 가지게 하여 주시옵소서

그리하여

참으로 위대한 것은 소박하다는 것과

참된 지혜는 개방된 것이요

참된 힘은 온유한 것임을 명심하도록 하여 주시옵소서

그리하여 나 아버지는

어느 날 내 인생을 헛되이 살지 않았노라고

고백 할 수 있도록 도와주시옵소서

– 1993년 9월경에 문화회관 서예 작품전에서 메모

김광수 기도문

김광수가 이러한 사람이 될 수 있도록 도와주십시오

약할 때에 자기를 분별할 수 있는 강한 힘과

무서울 때 자신을 잃지 않을 수 있는 담대함을 가지고

정직한 패배에 부끄러워하지 않고 태연하며

승리에 겸손하고 온유한 김광수가 될 수 있게 하여 주시옵소서

생각해야 할 때에 고집하지 말게 하시고

주를 알고 자신을 아는 것이 지식의 기초임을 아는

김광수가 될 수 있도록 도와주시옵소서

바라옵기는 김광수를

평탄하고 안이한 길로 인도하지 마시고

고난과 도전에 대하여 분투 항거할 줄 알도록 인도하여 주시옵소서

그리하여 폭풍우 속에서도 용감히 싸울 줄 알고

패자를 긍휼히 여길 줄 알도록 가르쳐 주시옵소서

그 마음이 깨끗하고 그 목표가 높은 김광수가 되고

남을 정복하려고 하기 전에

먼저 김광수 자신을 생각하는 인간이 되기를 도와주시옵소서

이것을 다 주신 다음 이에 더하여

유머를 알게 하시어

인생을 엄숙하게 살아감과 동시에

삶을 즐길 줄 알게 하시고

김광수 자신을 너무 중대하게 여기지 말고

겸손한 마음을 가지게 하여 주시옵소서

그리하여 참으로 위대한 것은 소박하다는 것과

참된 지혜는 개방된 것이요

참된 힘은 온유한 것임을 명심하도록 하여 주시옵소서

그리하여 나 김광수는

어느 날 김광수 인생을 헛되이 살지 않았노라고

고백할 수 있도록 도와주시옵소서

– 위의 글을 메모한 다음 날 고심해서 만든 김광수 기도문. 너무나 허물 많고 연약하고 부족한 나
  자신을 돌아보며 강하고 담대해질 수 있도록 맥아더 장군 기도문을 나의 기도문으로 개작하여 큰
  소리로 외우고 쓰면서 정신무장을 새롭게 함

- 어려운 조건 속에 고난을 이기는 감사는 인생에 희열을 안겨주며 삶의 버팀목이 되어줍니다.

- 감사하는 사람은 세상의 작은 것까지 모두 아름다움의 의미를 부여하는 사람입니다.

- 살아가면서 사랑해야 할 대상이 있는 것은 참 행복한 일입니다. 3대 불씨 감사일기가 이웃을 사랑하는 도구입니다.

- 시련과 고통은 팽팽한 현악기처럼 아름다운 음률을 내기 위해 삶을 긴장시키는 것입니다. 시련이 삶을 지배할 때 감사로 음률을 조정하십시오.

- 우리가 불행한 것은 물질이나 신체적 장애 때문이 아니라 행복을 받아들일 수 있는 따뜻한 가슴과 감사를 잃어버린 길 잃은 철새이기 때문입니다.

- 내가 남들에게 범한 작은 잘못은 크게 보고, 남들이 내게 범한 큰 잘못은 작게 보는 것이 감사의 시작입니다.

- 작은 것에 감사하는 것은 따뜻한 영혼과 인사하는 것입니다. 이 것이 이웃 사랑이요, 축복이고 행복입니다.

- 내 마음이 감사로 햇살처럼 부드러우면 상대방은 가슴을 열고 햇볕을 쪼이겠지만, 내 마음이 원망의 날카로운 칼이면 마음 문을 닫습니다.

- 내가 변하지 않고는 아무것도 변하는 게 없습니다. 원망, 불평에서 감사로 내 인생을 새롭게 가꿉시다.

- 신은 우리에게 감당할 수 있는 고통만을 주십니다. 다만 그 시련과 고통을 어떻게 해석하느냐가 있습니다. 감사로 해석하면 새로운 길이 열립니다.

- 이해하기보다는 비판하고, 덮어주기보다는 들추고, 싸매주기보다는 아픈 데를 건드리고 살았다면 무조건 감사하는 삶으로 바꾸어보십시오.

- 닭을 잡을 땐 날개를 잡아야 하듯이, 사람의 마음을 잡을 땐 감사로 잡아야 합니다.

- 침묵은 소리를 부르고, 어둠은 빛을 부르고, 죄는 용서를 부르지만 감사는 감사가 홀씨 되어도 행복한 자족을 부릅니다.

- 굳이 빛나려 애쓰지 않아도 빛나는 사람이 있습니다. 화려한 옷을 입지 않아도 눈부신 사람이 있습니다. 감사하는 사람이 그런 사람입니다.

- 삶의 성공이란 가치 있는 이상들을 꾸준히 현실로 만들어가는 것인데, 가치 있는 이상은 감사하는 일입니다.

- 감사하는 사람은 미안하다고 말하면 더 미안해하고 사랑한다고 말하면 더 사랑하는 사람이 됩니다.

- 차분한 마음으로 하루를 살고 싶어도 꽃잎처럼 흔들리는 삶이기에 감사의 끈을 놓치지 않고 살아야겠습니다.

- 감사한 마음으로 세상을 살아가면 감사한 일이 생깁니다. 행복한 눈으로 세상을 바라보면 세상은 행복합니다.

- 흙 밭은 먹고 살아가는 곡식을 심는 밭이요, 마음 밭은 영혼의 씨앗을 심는 밭입니다. 영혼의 밭에 감사를 심어 영육을 가꿉시다.

- 내가 변하지 않고는 아무것도 변하는 게 없습니다. 내 인생은 내가 만듭니다. 감사의 말로 자기 인격을 만들어나갑시다.

- 내가 좋아하는 사람도 내 자신이고 내가 싫어하는 사람도 내 자신인데 내가 감사하면 모두가 선해집니다.

- 감사 향기를 풍기는 사람을 만나기란 쉽지 않습니다. 내가 뿜어내는 감사 향기로 내 이웃을 취하게 만듭시다.

- 원망하고 시기하고 미워하면 내 인생은 지옥이 될 것입니다. 감사하는 마음이 있는 곳에 삶의 행복이 있습니다.

- 살면서 가장 가슴이 따뜻한 사람은 스스로에게 감사하는 마음을 가진 사람입니다

- 인생이란 배는 삶의 태풍과 시련의 폭풍이 와도 감사의 돛을 달고 항해하면 행복의 항구에 닻을 내릴 수 있습니다.

- 길이 막혀도 가야 할 곳이 있는 연어는 물결을 거슬러 오르듯, 시련이 있어도 감사로 행복의 고향을 찾아야 합니다.

- 어렵고 위험한 처지를 겪어봐야 인간의 진가를 알 수 있는 법입니다. 시련 속에서도 무엇이 감사인지 발견해보십시오.

- 인생의 방황은 목표를 잃었다기보다 감사하는 삶의 기준을 잃었기 때문입니다. 감사하는 습관은 나를 성장시킵니다.

part 3

늘 감사의 시대

외국에 나가거나 외국인을 보면 그들이 가장 많이 하는 말이 무엇인지 알 수 있다. 바로 '땡큐, 감사합니다'다. 우리나라 사람처럼 이 말을 안 하는 사람도 드물다. 그리고 미국인 중에서 이 말을 모르는 문맹자는 없을 것이다. 입에 붙은 것이다. 감사하다, 고맙다, 너의 친절에 감사한 다 등등. 누군가의 조사에 따르면, 미국인의 일상 언어 25%에 감사하다 는 말이 붙어 있다. 미국의 문화는 감사의 문화다. 물은 높은 곳에서 낮은 곳으로, 감사는 나에게서 남에게로 흐른다. 그리고 사람 구실 못 할 줄 알았던 한 남자가 감사와 긍정과 최선으로 만든 희망이 여기 있다. 이제 남은 것은 봉사와 헌신뿐이다.

'나'의 탄생과 존재에 감사합시다

어떤 사람이 생명 탄생이 일어나는 확률을 계산해보았다고 합니다. 그랬더니 생명이 지구상에 우연히 탄생할 확률은, 침팬지가 타자기를 아무렇게나 치다가 셰익스피어William Shakespeare의 명작을 그대로 쳐낼 확률보다 낮다고 합니다.

가령 그 유명한 햄릿의 말 'To be or not to be'까지만 해봅시다. 침팬지가 장난으로 그 처음 단어 'T'와 'O'를 칠 확률은 알파벳 26글자로 본다면 $1/26 * 1/26$입니다. 이렇게 계산하다 보면, 이미 이 짧은 문장만으로도 천문학적 숫자가 됩니다. 그러니 한 작품을 만들 확률은 제로가 몇 개 붙는지 도저히 실감할 수 없을 정도라는 것을 알 수 있을 것입니다.

이 계산이 맞는지 틀리는지는 차치하고라도, 아무튼 이 지구상에 생명이 태어나 자란 배경에 굉장한 역사가 숨어 있다는 것은 부인할 수 없는 사실입니다. 그런 식으로 유추해보면 현재 자신이 여기 존재한다는 사실 자체가 눈이 아득할 정도로 낮은 확률과 오랜 투쟁의 역사 끝에 살아남은 결과라는 것을 알 수 있을 것입니다.

  길이 3.3m, 무게 2.5톤가량 되는, 세계에서 가장 큰 경골어류인 개복치Ocean Sunfish는 가장 많은 알을 낳는 물고기라고 합니다. 한 번에 무려 수억 개의 알을 낳는데, 그중에서 어른이 되어 다음 세대에 자손을 남기는 것은 몇 마리에 불과하다고 합니다. 분명 인간이 태어난 후 죽는 확률은 그보다는 훨씬 낮습니다.

  하지만 정자와 난자까지 거슬러 올라가면 인간의 확률은 개복치 이하입니다. 난자와 어떤 특정한 정자가 만날 확률이 대개 1억분의 1 이하이니까요. 정자가 조금만 달라도 지금의 자신과는 전혀 다른 얼굴과 성격의 사람이 되는 것입니다. 이렇게 생각하면, 인생은 단순히 자기만의 것이라고 단정할 수 없다는 생각이 듭니다. 이렇게 힘들게 태어난 생명이 바로 '나'입니다. 기적이고 감사할 일 아닙니까?

충고를 받아들이는 것도 능력입니다

사람들이 가진 가치관은 저마다 다르지만 나는 내가 노인이 되었을 때(지금도 가끔 노인으로 불리기는 합니다) 품위를 갖춘 사람, 즉 안정감 있고, 넉넉하고, 품위 있고, 남을 배려하는 포용성을 갖추어야겠다는 생각을 해봅니다. 그리고 남에게는 섣불리 충고하지는 않겠지만 남의 충고는 감사히 받아들이겠습니다. 여러분은 어떻습니까?

내가 불리하거나 괴로운 상태일 때, 누가 나를 비판하거나 충고를 건넨다면 순순히 받아들일 자신이 있습니까? 만일 그렇다면 그것도 일종의 능력이며 실력입니다. 그런 상태에서 타인의 충고를 순순히 받아들인다는 것은 인간적인 성숙과 도량이 없으면 불가능한 일이기 때문입니다. 사람들 대부분은 그런 말을 듣기 싫어서 피하려고 변명을 늘어놓기 때문입니다. 다른 사람의 충고를 받아들일 수 있다는 건 그만큼 스스로에 대해 자신과 여유가 있다는 뜻입니다.

남의 말, 흔히 좋은 충고건 나쁜 소리건 받아들일 수 있다는 것은 일종의 능력이라고 보아도 좋을 정도로 실천하기 힘듭니다. 바꾸어 말하면 남에게 도움이 될 거라는 생각에서라도 충고의 말, 싫은 소리는 절대 하지 말라고 권하고 싶습니다.

지금 시대는 사탕발림의 달콤한 말에 바보처럼 속아 넘어가기 쉽고, 그렇게 매번 이용당해서 괴로워하는 사람은 넘쳐나지만, 진심 어린 충고를 듣고 감사하게 받아들이는 사람은 드문 시대이기 때문입니다. 성숙하고 포용적인 사람이 사라진 시대입니다. 많이 배운 사람도 대개는 무시당하지 않으려고 이런 성격을 살짝 감추지만 진심 어린 충고를 받아들이지는 못합니다. 의심스러우면 한번 주변을 둘러보고 실제 그런지 확인해보십시오.

그러나 당연히 우리는 남의 충고를 감사히 받아들이는 사람이 되어 살아가야 합니다. 주변에도 그런 사람이 분명 있기는 있습니다. 이런 사람은 오히려 그 개성이 빛나 보이고 그 어떤 것에도 흔들리지 않는 자기만의 세계를 간직해서, 충고하는 사람이 부끄러울 정도입니다.

하루에 세 번은 감사합시다

감사하는 자세는 아마 이런 말이 아닐까 싶습니다.

"언젠가 할 일이라면 지금 하고, 누군가 할 일이라면 내가 하고, 어차피 할 일이라면 잘하자!"

길거리에 버려진 휴지 하나를 줍는 것에도 이런 마음이 있는 사람이 먼저 줍습니다. 반대로 생각해서, 언젠가 누군가 어차피 할 일이지만 나는 안 하겠다는 것은 감사로부터 멀어지는 일입니다.

익숙해진다는 것 혹은 길들여진다는 것은 무서운 일입니다. 매일 똑같은 행동을 반복하다 보면 아무런 생각도 하지 않고 지내게 됩니다. 그저 타성에 젖어 의미도 없이 시간을 보내는 것이지요. 매일의 생활 방식을 무비판적으로, 파블로프Ivan Petrovich Pavlov의 개처럼 반사적으로 반복만 하지 말고 잠깐 멈춰서 생각해보라는 것입니다. 그러면 스스로가 한심하게 생각될 것입니다.

여러분은 왜 공부하는가, 왜 사는가 하는 중요한 물음마저 잊은 채 아무 생각 없이 그저 되는대로 살고 있지는 않습니까? 만일 그렇다면 그런 생활에서는 결코 가슴을 채우는 충만한 삶의 기쁨 같은 것은 느낄 수 없을 것입니다. 그 일의 의미를 생각하고, 그 가치를 인식하고, 적극적으로 실행해가는 자세가 필요합니다. 그리고 자신이 행하고 있는 일에 대한 반성 역시 꼭 필요합니다.

《논어論語》에 '하루에 세 번 반성한다吾日三省'는 말이 있습니다. 자신을 바라보는, 자신에 대해 생각하는, 그리고 반성하고 격려하는 시간을 가질 수 있다는 건 훌륭한 일입니다. 다른 많은 날들과 똑같은 평범한 나날 중에 잠시만 시간을 내서 삶의 의미를 생각하고 자신이 하고 있는 행동을 반성해봅시다. 그리고 또 감사한 일을 떠올리며 하루 세 번쯤 감사해봅시다. 그것만으로 지금까지와는 전혀 다른 인생이 펼쳐질 수 있습니다.

오프라의 힘, 감사입니다

20년 이상 미국 최대 토크쇼로 자리매김한 '오프라 윈프리 쇼'의 진행자인 오프라 윈프리Oprah Winfrey는 전 세계 105개국 1억 6,000만 시청자들에게 희망과 용기를 선사했습니다. 흔히 오프라히즘oprahism으로 부릅니다.

그녀는 인생의 성공은 타인이 아닌 자신에게 달렸다고 말합니다. 하지만 그녀의 인생은 출생부터 성장기에 이르기까지 행복한 삶과는 거리가 멀었습니다. 사실 오프라 윈프리는 미혼모에게 태어났고, 할머니 손에 길러졌고, 사촌 오빠에게 성폭행을 당했으며, 그 이후 수차례의 성 학대를 받았고, 14세에 미혼모가 되었습니다. 이후 마약과 온갖 방황을 하며 살았다고 합니다.

불우한 환경 속에서 오프라 윈프리는 어떻게 세계에서 가장 영향력 있는 인물 100인에 속하고 세계 10대 여성의 한 사람이 되었을까요? 그 해답은 '감사일기'에 있습니다. 그런데 과연 감사할 일이 있었을까 싶습니다. 아니, 감사하는 마음을 먹는 게 과연 쉬웠을까 싶은 생각이 듭니다. 그녀는 매일 감사한 것들을 찾아 감사일기를 썼더니 정말 인생이 놀랍게 달라지더라고 말했습니다. 그리고 감사할 것들이 자꾸 생긴다고 했습니다. 그녀는 35년 전부터 매일 잠들기 전 감사일기를 쓴다고 알려져 있습니다.

감사일기는 거창한 것이 아니라 짧은 메모 형식으로 일상에서 일어나는 소소한 것들에 대한 기록이며, 오프라 윈프리의 삶을 바꿔놓은 힘이 되었습니다.

오늘도 거뜬하게 잠자리에서 일어날 수 있어서 감사합니다.
유난히 눈부시고 파란 하늘을 보게 해서 감사합니다.
점심때 맛있는 스파게티를 먹게 해주셔서 감사합니다.
얄미운 짓을 한 동료에게 화내지 않았던 저의 참을성에 감사합니다.
좋은 책을 읽었는데 그 책을 써준 작가에게 감사합니다.

'토크쇼의 여왕' 오프라 윈프리가 감사일기에 적은 것들입니다. 세상에서 가장 인기가 높고 부유한 스타지만 생각한 것보다 감사 내용이 거창하지 않으며, 도리어 일상 속의 아주 작은 것들에 감사해하고 있다는 사실을 알 수 있습니다.

3대 불씨 감사일기를 만들다

미국에 오프라 윈프리가 있다면 한국에는 나 김광수가 그런 감사일기 전도사가 되고 싶었습니다. 그래서 '3대 불씨 감사일기'를 만들어서 감사 전도사 역할을 자처하고 나섰습니다.

매일 새벽 감사일기라는 이름으로 장문의 메시지를 원하는 사람들에게 보냈습니다. 처음에는 무심코 넘겼지만, 시간이 지날수록 나의 진정성과 감사일기를 읽는 소소한 재미에 매료되었다는 말을 전해 들었습니다. 그리고 3대 불씨 감사일기에 동참해서 해당 내용을 복사해 지인들에게 전송하는 사람도 많아졌습니다.

이와 같은 감사일기 운동을 2012년부터 계속 이어오고 있습니다. 처음에는 몇몇 사람에게만 보내졌던 감사일기가 지금은 SNS를 통해 수천 명에게 전달되는 상황입니다. 내가 보낸 감사일기를 받고 자신의 감사일기를 작성해 전파하는 사람이 늘어나고 있으며, 감사일기 작성이 어려운 사람들은 내가 보내준 3대 불씨 감사일기를 복사해서 친한 사람들께 보내는 식으로 해서 감사일기를 주고받는 사람도 점차 증가하고 있습니다.

매일 아침 2,000자 내외의 감사일기 원고를 작성해 수천 명에게 보내는 시간만 해도 2시간가량이 소요됩니다. 그래서 회사 출근하기 전에 이 일을 끝내려면 매일 아침 4시에 일어나 원고 작성에 들어갑니다. 메모지에 써둔 원고를 고심해서 고치고, 스마트폰의 키보드를 눌러 원고 작성을 직접 합니다. 이제는 자타공인 감사 전도사로 불러도 손색이 없어 보인다는 소리를 많이 듣습니다.

감사는 환경을 변화시키는 신비한 힘이 있습니다. 나 역시도 이를 경험했기에 그 힘을 제가 아는 모든 사람과 함께 나누고 싶어서 감사일기를 시작했습니다.

다만 나의 감사일기는 일반적인 감사일기와 조금 다릅니다. 일반 감사일기는 말 그대로 본인이 일기 형식으로 작성하고 간직하는 부분이지만, 내 감사일기는 SNS를 통해 보다 많은 사람에게 전달되고 있습니다.

감사일기 이름을 '3대 불씨 감사일기'라고 지은 것도 이유가 있습니다. 감사를 통해 국민의 정신에 긍정적 불씨를 지피기 위함입니다. 작성자 본인이 1대, 이를 전달받은 친구 세 사람 이상이 2대, 그 친구의 친구가 3대가 되며 21대까지 이어지고자 하는 뜻을 담아서 '3대 감사일기'입니다. '21'이라는 숫자는 달걀이 부화해 병아리가 되는 기간의 날짜이며, 만일 21대까지 이어진다면 전 세계 인구를 훨씬 넘는 104억 명이 감사일기와 함께하게 되는 것입니다.

감사는 원망과 불평의 삶을 스스로 책임지는 아름다운 삶으로 바꿔주는 삼투압 현상의 강력한 힘을 가지고 있습니다. 나의 이런 3대 불씨 감사일기의 핵심은 친한 친구 3명 이상을 2대로 만드는 일이며, 감사를 통해 '오병이어伍餠二魚'의 기적을 만들 수 있습니다.

누룩이 빵을 부풀리듯
감사일기가 늘어납니다

나는 매일 오전 4시면 기상해 두 시간 동안 감사일기를 쓰고, SNS를 통해 지인들에게 보냅니다.

불평으로 바꿀 수 있는 세상은 없기에, 대신 감사로 바꾸겠다는 운동을 시작한 지 4년이 넘은 지금, SNS를 통한 동참자는 5,000명이 넘었습니다. 한 사람이 세 사람과 감사일기를 공유하고, 다음 세 사람이 또 다른 세 사람과 감사일기를 공유하자는 취지로 시작했기에, 동참자를 따져보면 급격히 늘어난 것입니다.

처음 시작할 때 나의 감사일기를 정기적으로 받는 사람은 500여 명이었습니다. 그리고 지금은 감사일기 운동에 감동해 5,000명이 넘었습니다. 동참자가 그야말로 누룩이 빵을 부풀리듯 급격하게 늘어났습니다.

감사는 일종의 발효제입니다. 효모입니다. 빵이 되려면 밀가루는 부드러워지고 숙성되어야 합니다. 그냥 놔둬서 되는 것이 아닙니다. 감사는 딱딱한 인간을 부드럽고 풍미 있게 만드는, 빵으로 치면 효모와 같은 역할을 합니다.

많은 사람들이 3대 불써 감사일기에 동참해 자기도 2대를 배출하겠다는 분들이 속속 생겨나고 있습니다. 이분들이 모두 누룩입니다. 이분들이 주변의 삶을 숙성되게 만듭니다.

망설이면 감사는 멀리 사라집니다

내가 타야 할 버스가 도착했는데 머뭇거리면 버스는 곧 떠나 버립니다. 이런 현상은 지극히 당연하게 생각하고 어떻게든 버스를 타려고 하면서, 사람을 보면서도 인사를 하지 않는 사람들이 있습니다. 사람을 보면 인사를 하는 것이 당연한 일이지만 의외로 언제, 어디서든, 누구에게나 할 수 있는 것은 아닌가 봅니다. 그러려면 생각보다 대단한 용기가 필요하다는 것을 새삼 느낍니다.

인사는 단순히 고개를 숙이고 말을 하는가 마는가의 문제가 아니라, 본인이 하고자 하는 마음이 있는가 없는가에 달려 있는 것 같습니다. 인사할 기회는 하루에도 몇 번이고 찾아옵니다. 택배 기사나 청소 도우미에게 "수고가 많으십니다", "고맙습니다"라고 말을 건네보면 어떨까요? 그렇게 해본 적이 있습니까? 망설이면 평생을 못 합니다.

인사를 할 때는 상대의 눈을 보고 미소를 지으며 상대방에게 들리도록 밝은 목소리로 또박또박 건네야 합니다. 아주 짧은 순간에도 인사를 건넬 수 있도록 마음의 준비를 하면 좋습니다.

인간은 누구나 실패하고 실수합니다. 그때 솔직하게 "죄송합니다. 제가 실수했습니다"라고 잘못을 인정하고 사과해야 합니다. 망설이면 감사건 사과건 때가 늦고 일은 커지기 때문입니다. 솔직하게 사과하거나 용서를 구하지 않아서 때를 놓치고 세상에서 사라지는 많은 연예인과 기업가와 정치인을 우리는 매일 봅니다.

당신은 하루에 몇 번이나 '감사합니다!'라는 말을 합니까? 혹시 쑥스럽다는 이유로 얼렁뚱땅 넘어가지는 않습니까? 예전에 고향 후배와 함께 차를 타고 고속도로 요금소를 지나가는데 후배가 요금소 직원에게 큰 목소리로 "감사합니다! 고생하십시오"라고 말해 깜짝 놀랐습니다. 부끄럽게도 나는 그때까지 요금소 직원에게 고맙다는 말을 한 적이 없었기 때문입니다. 알게 모르게 건방지게도 '그게 그 사람이 하는 일인데 뭐가 고마워?'라고 생각했던 것입니다. 그러나 요금소 직원도 당연히 사람이기 때문에 무표정한 얼굴로 요금을 지불하는 고객보다는 웃으며 인사하는 고객이 더 반가울 것이고, 안전 운전 하라는 말 한마디라도 더 해줄 것입니다. 감사하다는 말에는 이처럼 상대를 행복하게 하는 신비한 힘이 있습니다. 더욱 기쁜 것은 상대를 행복하게 한 만큼 자신에게도 행복이 돌아온다는 것입니다.

농부의 감사

커다란 도시에서 학문을 어느 정도 닦았다고 인정받는 사람이 시골에 사는 농부의 집을 방문하게 되었습니다. 농부는 새벽에 밭에 나가서 종일 부지런히 일했고, 도시의 학자는 그런 그를 바라보며 하루를 보냈습니다. 농부는 고된 하루를 마친 뒤에 학자와 식탁을 마주했습니다. 농부는 준비된 음식을 들기에 앞서서 먼저 하나님께 감사의 기도를 경건하게 올렸습니다. 그러자 학자는 농부에게 물었습니다.

"당신은 하루 종일 밭에서 직접 수고해서 먹을 것을 마련했는데 어째서 그렇게 기도를 하는 겁니까? 당신이 이 정도의 생활을 하는 것은 지극히 당연한 일인데 무엇 때문에 기도하는지 나는 잘 이해가 가지 않는군요."

농부가 학자를 바라보며 대답했습니다.

"내 농장에는 당신과 똑같은 생각을 하는 게 있소."

학자는 그게 누구인지 궁금해서 물었습니다.

"돼지라오. 주인인 내가 하루도 거르지 않고 먹이를 가져다주

어도 돼지라는 짐승은 당연하게 생각할 뿐, 전혀 감사를 모르지
요."

기억하세요. 감사는 당연하다고 생각하는 것을 고마워하는
것에서 출발합니다. 잘못하면 돼지 같은 인간이 됩니다.

매일 아침 감사하는 마음을 가집시다

매일 아침에 일어나면 건강하게 일할 수 있는 것에 대해 감사하는 마음을 가진 적이 있습니까? 기도라고 해도 좋고 묵상이라고 해도 좋습니다. 아니면 떠오르는 해를 보면서 '아, 감사한 세상이다'라고 생각만 해도 좋습니다. 나는 매일 아침 다음과 같은 것을 감사합니다.

나를 이 세상에 태어나게 해준 것(자신을 소중히 생각한다), 지금 나의 환경(어려워도 긍정적으로 생각한다), 건강하게 일할 수 있는 것(건강의 소중함을 생각한다), 가족, 동료, 친구 등 주변 사람(고마웠던 일만 생각한다), 나를 지켜주는 모든 것(행복한 사람이라고 생각한다)

돌이켜보면 사실 내가 제일 불행했던 시절은 모두 이것에 대해서 감사하지 않았던 때였습니다. 감사하기에 참 좋은 시간은 아침, 혹은 집을 나서기 전입니다. 아침에 다른 사람들을 만나기 전에 먼저 혼자서 감사하는 시간을 가집시다. 그리고 가족에게 감사하는 시간을 가진 뒤 가족의 얼굴을 보면 행복해집니다.

아침부터 가족에게 감사했으니 가족과 싸울 일이 사라집니다. 자연히 하루가 상쾌해집니다. 출근해서 회사 동료를 만나도 마찬가지입니다. 누구를 만나도 마음이 넉넉해집니다. 몇 분 몇 초 짧은 시간이라도 좋습니다. 이러한 감사의 마음을 하루의 출발점인 아침에 가지면 하루를 긍정과 상쾌한 마음과 행복감으로 겸허하게 보낼 수 있습니다. 감사 대상은 누구든 좋습니다. 주변 사람이면 더욱 좋습니다. 하루를 감사의 마음으로 시작합시다.

말 한마디의 힘을 알면
감사의 위대함도 알게 됩니다

말을 조금 길게 발음하면 '마알'이 됩니다. 이것을 다시 풀어 보면 '마음의 알맹이'라는 뜻이 된다고 합니다. 마음속으로 어떤 생각을 하느냐에 따라 그 사람의 말의 내용이 결정됩니다. 따라서 '말씀'이란 단순히 좋은 말이 아니라 말을 쓰는 것, 마음의 알맹이를 쓰는 것입니다.

말에는 말장난도 있고 말씀도 있습니다. 어떤 사람이 하는 말 한마디를 들어보면 그 사람이 어떤 기준을 갖고 살아가는지 알 수 있습니다. 그 말이 말장난인지 말씀인지도 알게 됩니다. 아직 자기 자신에서 벗어나지 못하고, 자신은 말씀이라고 하지만 말장난에 불과한 것들이 많습니다. 이기심으로 모든 것을 바라보고 판단하고 행하고 말하고 있다는 것이 그냥 그대로 느껴집니다.

아무리 좋은 말을 하더라도 그 사람의 마음 씀씀이가 바르고 넓지 못하면 그 말에는 향기가 나지 않습니다. 원래 진정한 말과 감사는 자신의 사상과 뜻이 소리를 통해 나오는 것입니다. 그리고 말씀과 감사가 빛나는 것은 누군가의 가슴에 스며들어 변화를 일으키기 때문입니다. 그렇습니다. 말은 변화를 일으키는 위대함을 가지고 있습니다.

당신은 평상시에 어떤 말을 쓰고 있습니까? 당신이 하는 말은 모두 당신의 마음의 표현입니다. 항상 '괴롭다', '힘들다', '죽겠다'는 말이 입에 붙어 있지는 않습니까? 만약 그렇다면 당신의 마음이 그렇게 죽어 있고 힘들다는 것을 의미하는 셈입니다. 당신이 평상시에 어떤 말을 쓰는가 하는 것은 너무나 중요합니다. 자신이 어떤 사람인지를 알고 싶다면, 자신의 내면을 들여다볼 수 있는 방법으로 매일 습관적으로 쓰는 말을 종이에 적어볼 것을 권합니다.

말 한마디로 천 냥 빚을 갚고, 사람을 죽일 수도 살릴 수도 있습니다. 말에는 에너지가 있습니다. 그러니 매일 아침 눈을 뜨면 곧바로 당신을 칭찬하기 시작해 하루 종일 틈틈이 자신을 칭찬해보십시오. 모든 장점을 찾아내어 칭찬하고 자신의 무한한 가능성에 대해서 세상에 감사해보십시오. 분명 거대한 변화가 일어날 것입니다. 스트레스를 받는 일이 줄어들 것이고, 자신이 가진 단점도 눈에 띄게 줄어들 것입니다. 감사의 말은 말의 힘을 키우고, 행복한 사람이 되기 위한 중요한 토대가 됩니다. 습관적으로 써야 합니다.

행복합니다, 감사합니다.

사랑합니다, 감사합니다.

즐겁습니다, 감사합니다.

믿습니다, 감사합니다.

힘이 납니다, 감사합니다.

건강해집니다, 감사합니다.

이해합니다, 감사합니다.

이런 말을 입에 붙이고 살 때, 우리의 삶은 활력으로 가득 차게 됩니다.

감사는 웃음을 부릅니다

‡

미팅 때문에 서울에 갔다가 강남의 수많은 성형외과 간판에 깜짝 놀랐습니다. 이 거리에 전국의 성형외과 중 50% 이상이 있다는 말이 실감 났습니다. 그러나 수술해도 내면의 문제는 여전히 남는 것 아닙니까?

감사의 마음도 자신의 문제입니다. 포장할 수 있는 성질의 것이 아닙니다. 나만 해도 잘난 얼굴이 아닙니다만, 과거에 비해서 웃고 감사하고 긍정적으로 사람과 세상을 만나는 지금은 그야말로 아이돌 수준이라고 할 정도로 환하게 좋아졌습니다.

자기 얼굴에 책임을 지라는 말에 부모로부터 물려받은 얼굴을 어쩌란 말이냐고 반박하는 소리가 들리는 듯합니다. 하지만 그렇게 말하면서도 모두들 날마다 거울을 들여다봅니다. 개중에는 화장을 하거나 눈썹을 예쁘게 손질하는 학생들도 있지요.

내가 오늘 말하고 싶은 건 '얼굴 윤곽이 예쁜' 미인이 아닙니다. 물론 미인이면 세상을 사는 데 도움이 되겠지요. 그것은 분명한 사실입니다. 하지만 오늘의 테마는 그것과는 약간 다릅니다.

조금이라도 친근감이 있는, 부드럽고 온화한 얼굴이 되자는 것이니까요. 심술궂고 짜증스러운 표정으로 가득한 얼굴은 곤란합니다. 얼굴의 기본적인 윤곽은 대개 유전에 의해 정해집니다. 그러나 표정, 눈짓, 얼굴 전체에서 발하는 빛과 같은, 그 사람에게서 풍기는 분위기는 인격에 의해 만들어지는 것입니다.

사람들 대부분은 겉모습을 가꾸는 데에만 신경을 씁니다. 여성들이 화장을 하는 것도 겉모습을 아름답게 만들기 위해서지요. 여러분 가운데에도 항상 거울을 마주하고 노려보거나 눈썹 모양을 예쁘게 만들려고 하나씩 뽑는 사람들이 있을 겁니다.

그러나 이런 외면적인 얼굴은 사람을 빛나게 하는 매력이 없습니다. 내면에서 풍기는 분위기로 만들어진 얼굴을 생각해봅니다. 내면적인 아름다움을 지니기란 참으로 어렵습니다. 그러나 감사를 얼굴에 뿌리는 순간 피부가 살아나고 광택이 납니다. 희망을 갖고 적극적으로 살아가는 사람들의 눈동자는 반짝반짝 빛이 나기 마련입니다. 이런 감사의 마음을 담은 웃음은 마치 백만 송이 장미가 아침 햇살에 일제히 피는 느낌입니다. 사람은 기쁘거나 만족스러울 때, 슬프거나 어처구니없을 때, 남을 업신여기거나 비웃을 때 안면 근육을 함께 움직여서 일정한 표정을 짓습니다. 이러한 반응을 총칭해 웃음이라 합니다. 그리고 그 모든 웃음에서 최고의 웃음은 감사의 웃음입니다.

웃는 사람, 감사하는 사람과
일하고 싶은 법입니다

원망이나 불평의 마음을 가지면 그 인생은 자체로 이미 지옥입니다. 어떤 순간이라도 일이 풀리든 풀리지 않든 감사하며 살아보십시오. 감사는 행복을 여는 열쇠입니다.

남을 배려하고 남 뒤에 서면 어쩐지 뒤처지는 것 같고, 다른 사람을 높이고 나를 낮추면 손해 보는 것 같고, 양보하고 희생하면 잃기만 하는 것 같았는데 정작 바보같이 살아보니 주변에서 나를 인정하고 격려해주는 사람이 많았습니다. 지금 손해 보고 살고 있다는 분들은 감사하며 살아보십시오.

회사에서 신규 직원을 채용할 때 업무 관련 지식은 몇 달 지나면 익히지만, 웃는 것은 인격과 관련되어 있기 때문에 쉽게 가르쳐서 될 일이 아닙니다. 나는 그래서 잘 웃는 직원을 뽑습니다. 그리고 실제로 잘 웃는 직원이 일도 더 잘합니다.

웃는 사람을 좋아하는 곳은 여러 곳입니다. 마켓에서 고객은 물건을 사는 게 아니고 물건을 통해 총체적 즐거움을 사기 때문에, 기분 좋은 사람에게 물건을 사고 기분 좋은 사람에게 계산하는 등 소통하려고 합니다. 사람의 마음은 인지상정으로 웃는 사람에게 더 끌리는 법입니다.

이처럼 내 얼굴에 보물을 가지고 있으면서도 세상을 탓하고 찡그리는 행위는 손에 금은보화를 쥐고도 펴서 쓰지 않는 것과 다를 바 없습니다. 찡그리는 인상을 펴야 합니다. 찡그리는 인상을 펴려면 감사로 자기 삶을 쉴 새 없이 마사지해야 합니다. 그래야 세상의 온갖 기회가 내게 오고 인격도 성숙해집니다. 연습하십시오.

한 번 웃어야 두 번 웃어지고, 오늘 웃어야 내일 웃을 수 있습니다. 그래야 감사의 삶이 옵니다. 이게 내가 아침마다 세면대 거울 앞에서 웃는 이유입니다.

나는 실제로 웃음이 너무 좋고, 또 궁금해서 〈웃음연구소〉까지 다니며 박장대소 웃음공부를 했습니다. 재미있는 사실은 사람이 멍하니 가만히 있으면 무표정해지고, 무표정한 얼굴은 굳은 얼굴이 되며, 굳은 얼굴로는 절대로 운명을 바꿀 수 없다는 것을 느꼈습니다. 그래서 나도 항상 거울을 보고 웃지만, 항상 거울을 보며 웃으라고 지인들에게 운명을 바꾸는 거울을 1만개 만들어서 선물하기도 했습니다.

웃음과 감사는
스트레스를 없앱니다

화를 내면 생명이 단축된다고 합니다. 화를 내는 노기怒氣는 혈압을 상승시킵니다. 이런 울화가 극도에 달하면 울화통이 치밀어 죽을 수도 있습니다. 실제로 1시간 동안 계속해서 화를 낸다면 80명을 죽일 수 있는 정도의 독소가 발생한다는 실험도 있습니다. 이게 독사지, 어디 사람입니까.

《삼국지》에 나오는 주유周瑜라는 인물을 아십니까? 손권孫權이 다스리는 오나라의 도독으로, 병권과 정치에 관련된 권한을 책임진 막중한 인물이죠.《삼국지》에서는 제갈량이 주유를 세 번 화내게 합니다(제갈량삼기주유, 諸葛亮三氣周瑜). 결국 주유는 화병으로 죽기 전에 하늘을 우러러 탄식하며 이렇게 말합니다.

"이미 주유를 내시고 어찌 또 제갈량을 내셨습니까!(기생유 하생량, 旣生瑜 何生亮)"

이때 그의 나이 36세였습니다. 제갈량의 마지막 편지를 보고 나서 분을 이기지 못하고 피를 토하고 죽음을 맞이하게 되는 것입니다. 주유의 병은 바로 극심한 스트레스에서 오는 화병이었습니다.

인간관계에서 오는 스트레스와 정신 건강을 위협하는 화병만큼 위험한 병도 드뭅니다. 이처럼 의학계에서는 인간이 외부에서 받는 심리적 중압감과 긴장감을 스트레스라고 명명했습니다. 스트레스는 어지러움, 가벼운 두통, 열감이나 한기, 소화불량, 설사, 메스꺼움을 유발하고, 필요 이상으로 비판적이고 신경질을 내게 하며, 술과 담배를 부르고, 매사에 의욕을 떨어뜨리고, 별 이유 없이 짜증이 나게 만듭니다. 스트레스가 많아지면 혼란스러운 잡생각에 빠져들고, 집중력이 생기기 어려우며, 산만해지고, 망각 증상도 나타나고, 창의력은 바닥을 깁니다. 유머 감각은 거의 없어집니다.

반대로 웃음과 감사의 효과는 대단합니다. 몸의 면역 체계를 강하게 하고, 육체적 고통을 완화하며, 살이 찌는 것을 막기도 합니다. 불면증을 고쳐주고, 감기에 덜 걸리도록 돕습니다. 혈압을 내리고, 심혈관 기능을 강화하며, 학습 이해와 기억을 돕습니다. 긍정적인 분위기를 만들고, 주의력을 증진하며, 바람직하지 못한 행동을 막아주기도 합니다.

감사도 병도 모두 마음에서 비롯됩니다

엔도르핀endorphin이란 1975년 영국 애버딘 대학교의 생화학자 한스 코스터리츠Hans Kosterlitz 박사가 '체내體內의 모르핀morphine'이라는 의미로 붙인 이름입니다.

엔도르핀은 지금까지 알려진 중독성 있는 진통제가 아니라 중독이 되지 않는 천연 진통제입니다. 몸에 통증이 발생하면 모르핀보다 수백 배 더 강한 신경 호르몬인 엔도르핀이 생성되어 즉시 그 고통을 막아줍니다. 한번 분비된 엔도르핀은 효과가 5분 정도 지속된다고 합니다.

하지만 이런 엔도르핀이 체내에서 자동으로 생성되는 것은 아닙니다. 이것은 마음의 감정과 관계를 맺고 있습니다. 마음이 기쁘고 즐거우면 엔도르핀이 많이 생성되지만, 우울하고 속상하면 엔도르핀과 정반대의 효과를 내는 아드레날린이 생성됩니다.

우리의 몸은 정신에 종속되어 있습니다. 우리 생각이 부정적인 것으로 계속 흐르면 육체는 어느 날 순식간에 질병과 부패의 늪에 빠지게 됩니다. 병든 생각은 육체에 그대로 나타납니다.

그런데 우리들이 너무도 흔하게 생각하는 웃음과 감사하는 마음이 건강을 가져다주는 신비한 보약이고, 심지어 다양한 병을 고치는 치료제로 각광받고 있다는 것을 알아야 합니다.

한스 셀리에 Hans Selye 박사가 저술한 《삶의 스트레스》라는 책에서, 저자는 부정적인 사고나 감정은 육체에 화학적 변화를 가져오며 부신 호르몬을 마르게 한다고 했습니다. 부신은 사람의 좌우 신장 위에 있는 한 쌍의 내분비 기관으로, 생명 유지에 중요한 작용을 합니다. 스트레스가 심하면 부신 호르몬이 평소의 몇 배나 분비됩니다. 그리고 한계에 달하면 고장이 납니다. 부신 호르몬이 부족하면 저혈당, 저혈압, 이온 불균형을 비롯해서 면역 체계 자체가 망가지게 됩니다. 그래서 스트레스가 많은 질병의 원인이 된다고 하는 것입니다.

긍정의 힘을 가진 감사의 말을 여러 사람에게 하고, 스스로에게 감사하는 마음을 가지며 항상 웃는 사람은 엔도르핀이 생기고, '티 임파구'가 강해지며, 우리 몸에 침입하려는 모든 병균을 물리치는 힘을 가지게 됩니다. 그러나 항상 감사 대신 불평불만을 말하면서 욕하고 화내고 저주하는 사람은 반대로 두뇌에서 '아드레날린'이 나와서 티 임파구를 매우 약하게 만듭니다.

정말로 긍정적인 표현만을 사용하도록 합시다. 긍정의 표현은 끌어당김의 법칙이 존재하기 때문입니다. 나는 아예 부정적인 말도 하지 않을 뿐만 아니라, 부정적인 말을 하는 사람도 돌려서 긍정으로 말하기를 권유합니다. 그래도 고쳐지지 않고 부정적이고 상대방을 기분 나쁘게 하는 사람들과는 점점 인연을 멀리 합니다. 내 몸이 힘들어지고, 내 마음이 불편하기 때문입니다.

사람이 긍정적인 생각과 마음과 행동을 가지면 알칼리 체질, 울거나 화를 내면 산성 체질이 된다고 합니다. 하루에 열다섯 번만 웃을 수 있다면 지금 환자의 반이 정상인으로 돌아간다는 의학계의 말도 있습니다. 감사는 어떨까요? 하루에 열 번쯤 감사한다면 우리 사회의 폭력, 시비도 절반쯤으로 사라지고, 웃음을 되찾고 아울러 건강도 되찾을 수 있지 않을까요?

감사할 시간이
많이 남아 있지 않습니다

사람이 칠십 평생쯤 산다고 가정하면 잠자는 데 23년, 일하는 데 26년, 6년쯤은 차를 타거나 TV를 시청하고, 3년은 기다리고, 1년 반을 화장하고, 1년은 화장실 가는 데 쓴다고 합니다. 그리고 화내는 시간이 2년이나 된다고 합니다. 그런데 하루에 10번 또는 5분 웃는다고 가정해도 평생 웃는 시간이 40일밖에 되지 않는다고 합니다.

한국인은 하루에 한 번도 안 웃는 경우도 많으니, 평생 웃는 시간은 4일인가요? 웃으려고 온 인생인데 70년의 시간 중에서 딱 4일밖에 웃지 못하는 삶이라니, 정말 비참하게 살고 있다고 할 것입니다. 소중한 내 건강을 위해서 오늘부터라도 크게 박장대소, 파안대소로 마지막 가는 날까지도 화끈하게 웃으면서 살아야 할 것입니다. 더불어 누구나 무엇에 감사하는 시간은 아마도 웃음의 시간보다 적으면 적었지, 많지는 않을 것입니다.

오늘을 밝고 즐겁게 충실한 날로 하기 위해서는 웃음이 필요하고 감사가 필요합니다. 데일 카네기Dale Carnegie는 〈사람을 움

직이는 기술〉이라는 저서에서 웃는 얼굴에 관해 이렇게 말하고
있습니다. 나는 이 말의 답이 웃음이기도 하며 감사이기도 하다
고 생각합니다.

"나눠 주더라도 줄지 않고, 주어진 것은 풍부하게 된다. 어떤 부자라도
이것이 없이는 살 수 없다. 어떤 가난한 사람도 이것에 의해서 풍부하
게 된다. 가정에 행복을 담는 우정의 표어이고 지친 자에게 있어서는
휴식을, 실의의 사람에게 있어서는 광명을, 슬퍼하는 자에게 있어서
는 태양이며, 고민하는 자에게 있어서는 자연의 해독제가 된다. 구매
할 수도 강요할 수도 훔칠 수도 없다. 무상으로 주어서 더욱 가치가 있
다."

비슷한 표현으로 《대학》에는 "마음을 두지 않으면 보아도 보
이지 않고, 들어도 들리지 않으며, 먹어도 그 맛을 모른다"라는 말
이 있습니다. 감사하지 않으면 그 마음도 맛도 모르는 법입니다.

감사보다 더 확실한
이미지 메이킹은 없습니다

‘나이 마흔이면 얼굴에 책임을 져야 한다’라고 링컨Abraham Lincoln은 말했습니다.

이 말에서 알 수 있듯이 얼굴 이미지는 단순히 외적인 생김새만을 말하는 것이 아니라 삶의 태도가 녹아 있는 느낌이기도 합니다. 인상은 표정을 통해 형성되고, 표정은 개인의 감정과 욕구, 의지, 삶을 바라보는 태도 등에 의해 영향을 받기 때문에, 내적 이미지를 먼저 관리하는 것이 중요합니다.

안에서 우러나야 비로소 호감 가는 얼굴과 표정이 만들어지기 때문입니다. 이런 내면의 세계를 곱게 가꾸려면 먼저 감사하는 마음을 지녀야 합니다. 감사하는 마음을 담아 세상 누구에게라도 좋은 생각과 좋은 마음을 표현해야 합니다. 그러면 좋은 생각과 마음이 끊이지 않고 샘솟게 되고 긍정적인 마인드도 갖게 됩니다.

열등감이나 우울증 및 지나친 스트레스를 다스릴 수 있는 방법인 명상, 운동, 여행, 독서 등을 통해 자신감을 체득하고 주변에 감사하면 건강하고 환한 얼굴을 관리해나갈 수 있을 것입니다.

밝고 적극적인 표정을 연출하는 것은 생김새와는 상관없는 일입니다. 누구나 표정의 근육 운동을 통해 얼마든지 호감 가는 인상으로 바꿀 수 있습니다. 근육은 운동하면 발달하기 때문에 표정 운동을 통해 얼굴 근육을 원하는 방향으로 발달시키면 됩니다. 웃는 모습이 환하고 아름다운 사람, 존경하는 위인의 웃는 사진을 출력해서 거울에 붙이고 연습해도 좋습니다. 아름다운 얼굴은 적극적이고 긍정적인 태도로 삶을 받아들이고 부지런히 노력하고 실행하는 자만의 소유물입니다.

웃거나 말할 때 입 모양을 바르게 연출하려면 웃거나 말하는 모습을 거울을 통해 보면서 수정해나가는 과정이 필요합니다. 그래서 거울 속의 내 얼굴을 자주 만나는 것이 객관적인 자신을 만나는 좋은 방법이 됩니다.

상대방을 만나서 인사하거나 대화를 나눌 때 눈을 지그시 응시하는 아이 콘택트eye-contact도 연습해두면 좋습니다. 눈에 지나치게 힘을 주면 무례해 보이고, 반대로 눈을 응시하지 못하면 불안하거나 자신감이 떨어져 보여서 신뢰감을 주기 어렵습니다. 감사한 마음을 눈에 담아 상대방의 미간을 지긋이 쳐다보면 훨씬 자연스럽고 편합니다.

감사는 웃는 얼굴을 만듭니다

'모든 성공한 사람들의 특징은 실패하지 않았다는 데 있는 것이 아니라 자신감을 잃지 않았다는 데 있다'라는 말이 있습니다.

성공한 사람들은 모두 긍정하는 언어를 사용해 상대방에게 매력을 어필합니다. 이 사람들의 말은 주변 사람들에게 매력적으로 다가가고 주변을 행복하게 합니다. 따라서 성공하고 싶다면 먼저 긍정의 언어와 매력으로 사람들을 끌어당기는 자신의 이미지를 늘 상상하고, 매력적인 미래를 생생하게 그려보십시오. 감사는 긍정 언어의 대표 주자이며, 긍정의 매력을 발산하는 최고의 명품 향수입니다.

미국의 세계적인 화장품 기업 '에스티 로더'의 창업주로 '세계 화장품 업계의 거장', '세일즈의 귀재'로 불리는 에스티 로더Estee Lauder는 자서전에서, 성공을 끌어들이는 에너지를 갖는 방법에 대해서 이렇게 말했습니다.

"당신의 꿈을 시각화하라. 마음의 눈으로 성공을 볼 수 있다면, 실제로 일어날 가능성이 높아진다."

자신이 가진 능력과 더불어 구축된 긍정적인 이미지는 업무 능력과 더불어 자신을 더욱 빛나게 만들어줍니다. 좋은 이미지를 주는 데 자신감은 매우 중요한 요소입니다. 자신감과 감사가 합해지면 웃음이 저절로 생겨납니다. 긍정적인 마인드, 긍정적인 언어, 긍정적인 행동은 삼위일체입니다.

미소는 얼어붙은 땅을 녹이고, 마음의 문을 열 수 있는 열쇠와도 같습니다. 자연스럽게 웃는 얼굴은 친근감을 주며, 무엇을 요청해도 거절하기 힘들게 합니다. 직장인으로서 매끄럽게 일을 처리하려면 직장 내에서 미소가 가져오는 위대한 힘, 감사가 주는 힘을 자신의 경쟁력으로 십분 활용해야 합니다.

남녀 불문하고 회사의 책상에 거울을 두고 중요한 회의나 발표, 거래처 미팅에 나가기 전에 거울을 보며 온화하게 웃는 얼굴을 연습하고 사람을 만나보십시오. 시선은 자연스러운 높이를 유지하고, 목에 힘을 넣지 않고 상대를 보며, 눈매와 입가를 부드럽게 하고 자연스럽게 웃는 표정은 당신에게 성공의 열쇠를 건네주고 갈 것입니다.

감사하고, 감사하고, 또 감사합시다

"감사하는 것은 그 자체가 보상이다"라는 말이 있습니다. 이 것은 분명한 사실입니다. 또한 남에게 감사하는 것에 대한 충분한 이유가 되고도 남습니다. 하지만 여기에는 많은 사람들이 깨닫지 못하는 또 다른 면이 있습니다. 감사는 일종의 베푸는 행위, 행동입니다. 그리고 베푸는 것은 다른 사람들을 도울 뿐 아니라, 베푸는 바로 그 사람에게 더욱더 큰 힘이 됩니다.

돈을 흔히 통화通貨라고 합니다. 통용되는 화폐라는 뜻입니다. 통용은 두루 널리 쓰인다는 것입니다. 빠짐없이 골고루 쓰이려면 흘러야 합니다. 통화가 경색되었다는 말을 쓰는 것은 그래서입니다. 흐르지 못하고 소통되지 못하고 막히면 돈은 돈의 기능을 제대로 수행하지 못합니다.

세상이 뒤숭숭해서 겁먹고 있을 때, 이기적으로 줄여서 사용할 때, 또는 모든 것을 자신을 위해 모아둘 때, 흐름이 막힙니다. 동전을 보면 당장 알 수 있습니다. 집에서 잠자는 동전 때문에 동전 발행 비용이 천문학적으로 치솟습니다. 필요하지 않으나 사용하기 귀찮아서 처박아둔 것들 때문에 동전의 생명이 이제 소멸 단계까지 갔습니다. 파이프가 막힌 것입니다.

감사도 돈과 마찬가지로 흘러야 살아남는 존재입니다. 그리고 흐름을 다시 가능케 하는 방법은 베푸는 것입니다. 다시 감사하고 또 감사하는 것입니다. 실제로 많은 사람들이 부자를 돈을 안 쓰는 사람으로 오해하는데 반대입니다. 정확히 말하자면, 부자는 돈의 흐름을 막는(안 쓰는) 사람이 아니라, 돈의 흐름이 빨라지게 하는 사람입니다. 더 빨리 벌고, 더 빨리 쓰고, 더 빨리 흐르게 하는 사람입니다. 그리고 크기를 키우는 사람입니다.

감사하고 또 감사해서 감사의 흐름이 빨라지게 해보십시오. 더 큰 감사가 밀려들 것입니다. 다른 이들이 잘되기를 기도하며 감사하고, 종업원의 친절에 감사하고, 내가 돌보지 못하는 사람을 돌보는 자선단체에 감사해보십시오. 사랑과 재미와 존경과 성공과 그 밖의 어떤 것을 더 갖고 싶다면 그것을 얻는 길은 아주 간단합니다. 그냥 주는 것입니다. 감사를 아낌없이 주고 또 주는 것입니다. 당신이 거저 준 모든 감사는 다시 돌고 돌아서 이자가 붙어 당신에게 돌아올 것입니다.

남에게 감사하는 마음을 표현하세요

우리의 감사가 진실하다면 사람들은 그것을 오래도록 기억합니다. 그리고 감사의 마음을 표현하는 것은 상대를 기분 좋게 할 뿐 아니라, 그 사람이 다시 당신을 도울 용기를 내게 하며, 다른 사람도 그렇게 하도록 만듭니다.

특별히 사회적으로 문제가 있는 사람이 아닌 이상, 사람들 대부분은 남을 돕기를 좋아합니다. 처음의 어색함만 깬다면 기꺼이 손을 내밀어 빌려주고 도와주고 싶어 합니다. 많은 사람들이 자신이 도움을 준 사람에게 큰 기회를 준 사람, 또는 다른 형태로라도 중요하고 고마운 사람으로 기억되고 싶어 합니다.

한편으론 동전의 양면처럼 많은 사람들은 인정받고 칭찬받고 감사의 인사를 받고 싶어 합니다. 인정받는 것이 기분 좋기 때문에 남이 자신에게 감사해하는 것을 좋아합니다. 별것 아닌 이 인정에 99.99%의 사람들은 갈증을 느낍니다. 인정하는 것이 드문 세상이라는 설명도 됩니다. 남이 베푼 친절에 감사를 표현하는 것은 그 사람이 우리를 돕도록 그의 옆구리를 슬쩍 찔러주는 것과 같은 행동입니다. 남들의 친절한 행동에 감사할 줄 알아야 한다는 것을 기억하면 인생은 훨씬 더 쉬워집니다.

내가 살아오는 동안 수많은 사람들이 나를 도와주려고 다가왔습니다. 나 또한 살아오면서 수많은 사람들을 도와주려고 다가갔습니다. 그리고 우리는 서로 감사했습니다. 우리는 도움을 청했든 청하지 않았든 언제나 도움을 받으면 감사의 마음을 표현하려고 노력해야 합니다. 인간은 태생부터 감사받는 것을 좋아합니다. 감사가 곧 관심이며, 사랑이며, 존중이며, 우정이라는 사실을 알기 때문입니다.

내가 만난 많은 사람들이 설사 아무런 감사의 표시가 없더라도 다시 남을 돕겠다고 말합니다. 그러나 내가 보기에 세상의 일이란 팔이 안으로 굽는 것과 다를 바 없습니다. 누구라도 힘들게 밖으로 굽히려고 하지는 않을 것입니다. 그래서 사람들 대부분은 이왕이면 감사하는 마음을 표현하는 사람을 '더' 도와주고 싶어 합니다. 그것이 다시 자신을 기쁨이 넘치는 인생으로 만들어주는 것을 알기 때문입니다.

그러니 도움을 받으려면 감사하는 마음을 적극적으로 표현하는 것이 중요합니다. 끊임없는 감사의 표시는 당신을 성공과 부와 행복을 보장하는 길로 안내할 것입니다.

반성하고 역지사지하면
감사는 절로 옵니다

어떤 문제가 생겼을 때 반성과 입장을 바꿔서 차근차근 생각해보면 자신의 실수나 잘못을 알 수 있습니다. 자신이 어떤 식으로 달라져야 할지, 어떤 생각이 잘못되었는지 되짚어 알 수 있는 것입니다.

반성하면 전진할 수 있습니다. 감사할 수 있습니다. 반성은 자신의 잘못 때문에 남을 비난하고 구실을 만드는 습관을 없애는 역할을 합니다. 낡은 습관을 깨고 거기에서 빠져나오도록 돕는 역할을 합니다. 스스로에게 정직하고자 하는 진실한 의지를 가질 수 있도록 돕고, 마음속에서 들려오는 변명이나 불만의 소리를 제거할 수 있는 힘을 길러줍니다.

그래서 많은 현자들은 매일 조용히 앉아서 반성의 시간을 가졌습니다. 선비들은 수양학이라는 이름으로 자아성찰을 하며 자신을 지켰습니다. 퇴계 이황 선생은 "정도正道를 지키면 자신을 가로막는 일이 많고, 이와 반대로 남이 하는 대로 따라 하면 제 몸을 버리게 된다"라고 했습니다.

반성은 어디에 마음을 두어야 할까요? 타인에 대한 감사, 자신에 대한 질책이 떠오릅니다. 하루도 거르지 말고 몇 분만이라도 조용히 앉아 반성의 시간을 가진다면 정리력, 통찰력이 솟아오르는 것을 느낄 수 있습니다.

성공을 위한 강력한 도구이면서도 과소평가되고 있는 것 가운데 하나가 반성입니다. 반성은 최소한의 노력으로 우리가 무엇을 잘했고 무엇을 잘못했는지에 대한 해답과 전략을 정확하게 알려줍니다. 반성은 스스로에게 부과한 한계와 생각의 빈 허점을 깨닫게 해줍니다. 그리고 해결책을 던져줍니다. 그런데 문제는 해결책을 잡으려고 하지 않습니다. 반성을 인정하지 않으려고 하면서 문제가 생깁니다.

예를 들어 사무실에서 같이 일하던 동료와 마찰을 빚었습니다. 우리는 당장 모든 문제는 그 사람 책임이라고 생각합니다. 그 일에 대해서 생각하면 할수록 문제가 있는 쪽은 그 사람이며, 나는 아무런 문제가 없다고 생각하게 됩니다. 그 생각은 굳어집니다. 그래서 파격적으로 관계를 끝내는 쪽이 최선의 선택이라고 믿게 됩니다.

그러나 마음을 고요하게 다잡고 반성의 시간을 가지면서 역지사지를 해봅니다. 과연 모든 문제가 그 사람의 책임일까요? 반성의 시간은 이 문제의 많은 부분이 사실은 내게서 비롯되었다는 것을 알려줍니다. 내가 얼마나 무성의하게 말하고, 대응하고, 서투르게 대화하면서 헛된 기대와 요구를 했는지를 알게 됩니다. 그리고 반성과 역지사지를 통해 비로소 화해의 실마리를 찾을 수 있게 됩니다. 감사로 풀어나가는 해답이 눈에 보입니다. 단순히 생각을 멈추고 조용한 시간을 가지면서 반성할 때, 그리고 반성을 통해서 반대로 감사의 마음을 표현할 때 대부분의 문제가 얼마나 쉽게 해결될 수 있는지 알면 무척 놀랄 것입니다.

"일이 순조롭게 풀리네" 하고 감사합시다

모든 일에 불만을 품고 있는 사람이 있습니다. 이상하지만 이런 사람이 적다고도 말할 수 없는 세상입니다. 불만투성이 인간이라고 표현할 수 있는 이런 사람들에게는 세상의 모든 일이 하나같이 마음에 들지 않습니다. 그 사람의 입에는 항상 다음과 같은 말이 따라다닙니다.

"되는 일이 하나도 없다."
"나는 왜 이 모양일까?"

자세히 보면 그 사람 혼자만 일이 잘되지 않는 것도 아닙니다. 그렇다고 일이 아주 엉망진창이 되어서 도저히 앞으로 나아갈 수 없을 정도로 비관적인 것도 아닙니다. 다만 그 사람 마음에 흡족하지 않은 상태일 뿐, 그것만이라도 감사하게 생각하면서 보다 나은 내일을 모색하면 좋으련만 사사건건 불평과 불만인 것입니다. 그 사람의 눈에 비치는 세상은 온통 불만을 토해낼 것들로 가득 차 있습니다. 당신 주변에도 이런 사람이 얼마든지 있을 것입니다.

그런가 하면 반대로 극히 사소한 일에도 세상에 대해 감사하는, 아주 낙관적인 사람도 있습니다. 가만히 들여다보면 뭐 그리 대단한 일도 아닙니다. 심지어 그는 "오늘도 무사히 일을 끝내고 집에 돌아올 수 있게 된 것을 감사합니다"라고 당연한 일에도 감사의 기도를 합니다. 집에 돌아온 것까지 감사하는 이런 사람의 입에서는 웃음기가 떠나지를 않습니다. 웃는 얼굴로 세상을 보면 세상의 모든 것이 행복하게 보이지 않을 리가 없습니다.

다소 마음에 들지 않는 게 있어도 다음에는 좋아지겠지 하는 희망이 있기 때문에 불만보다는 만족을 느끼려고 하는 것이 보통의 인간입니다. 요컨대 마음을 어떻게 먹느냐에 따라서 인생이라는 과녁을 향해 떠나는 화살의 향방이 결정된다는 사실입니다. 자기 힘으로 어떻게 고쳐볼 수 있는 것도 아니라면 차라리 그것을 인정하고 감사하는 것이 낫습니다. 그래서 일이 잘 안 풀리고 있어도 반대로 이렇게 한번 말해봅시다. "야, 이거 일이 아주 술술 잘 풀리겠는데?"

희망적이고 긍정적으로 감사의 마음을 담아서 한번 입 밖으로 꺼내보십시오. 낙관론자의 미래가 낙관적일 수밖에 없다는 사실은 정신 건강을 연구하는 과학자들이 이미 오래전에 밝혀냈습니다.

처음 그 감사를 기억하세요

영화나 드라마에서는 남들처럼 열심히 살아가는 평범한 소시민이 어느 날 갑자기 두통이 생깁니다. 참을 수 없을 만큼 아파서 약국에 가서 약을 지어 먹어보았으나 효과가 없습니다. 결국 직장 동료의 권고에 따라 회사도 쉬고 종합병원에 가서 진찰을 받게 됩니다. 의사는 속단하거나 단정적으로 말하기는 그렇지만 암일 것이라는 뉘앙스의 말을 합니다. 정확한 결과는 사흘 후에 나오니 그때 보자고 말하면서.

소시민은 의사 앞에서는 담담하게 말했지만 병원을 나서면서부터 자신의 삶을 원망합니다. '일만 죽어라고 하고, 한번 멋지게 살아보지도 못하고 죽는다니.' 눈물이 앞을 가립니다. 그렇게 세상을 저주하면서 보낸 사흘이 지나고 병원에 가니 의사가 오진이라고 말합니다. 암세포가 아니라 작은 종양이었다고.

소시민은 갑자기 물결치듯이 밀려드는 햇살을 느낍니다. 어제도 뜬 태양이건만 자신의 삶 전체를 통틀어서 이처럼 해가 찬란하게 느껴졌던 적이 없었습니다. 밖으로 나와서 보도블록 틈에 자라난 작은 풀을 보면서 허리를 굽힙니다. "오, 아름다운 생명이구나." 상쾌한 봄바람이 살짝 머리카락을 흔듭니다. 소시민은 바람이 한 모금에 수백만 원 하는 귀한 존재인 양 소중히 들이마십니다. '아, 이처럼 귀한 공기를 내가 모르고 있었단 말인가?' 그의 눈에 보이는 모든 것이 행복이었습니다.

이 순간은 과연 얼마나 갈까요? 사흘 갑니다. 작심삼일. 누구나 삶의 위험한 순간을 넘기면 대개 세상이 다르게 보인다고 합니다. 다르게 보이는 시간은 3일에 불과합니다. 3일이 지나면 다시 자기가 무한하게 살 것처럼 욕심을 부리고 감사하는 마음도 아득히 사라집니다. 그러다 다시 죽음의 날을 맞습니다. 몰염치한 상태로.

하루하루를 최초의 날인 동시에 최후의 날인 것처럼 생각하고 살아가는 데 필요한 것은 변함없는 감사의 마음입니다. 그 감사를 기억해야 합니다. 첫 마음은 종종 행방불명됩니다. 그러나 첫 마음이 떠난 것이 아니라 내가 떠난 것입니다. 생각만 해도 가슴이 설레던 순간도, 이 일을 하는 것만으로도 넉넉하게 행복했던 순간도 모두 사라지는 것은 내가 떠난 것입니다. 나의 감사가 떠난 것입니다. 첫 마음을 떠나지 마십시오. 처음처럼 오래오래 그 감사의 마음을 간직하고 살아갑시다.

똥도 감사하면 거름이 됩니다

고 권정생 작가의 그림동화《강아지똥》은 1969년 발표되었고, 제1회 아동문학상을 수상했습니다. 내용은 이렇습니다. 돌담길을 지나던 강아지 한 마리가 똥을 누었습니다. 그렇게 강아지똥이 돌담길 아래에 자리 잡게 되고, 지나가던 참새가 호기심에 다가왔습니다. 참새는 부리로 똥을 콕콕 찌르더니 똥이라 더럽다고 욱박지르며 날아갑니다. 강아지 똥은 자신이 똥이라 더럽다고 하는 참새의 말에 충격을 받습니다. 그러자 옆에 있던 흙덩이가 그런 강아지 똥을 비웃습니다. 강아지 똥이 왜 웃느냐고 묻자 흙덩이는 그럼 네가 무엇이라 생각했는지 되묻고, 강아지 똥은 울며 겨자 먹기로 자신이 강아지 똥임을 인정합니다. 이에 흙덩이는 호탕하게 웃으며 강아지 똥이 가장 더럽다고 큰 소리로 이야기하고, 강아지 똥은 자신을 놀리는 소리에 울어버립니다.

하루는 비가 내리고, 강아지 똥 앞에 민들레 새싹이 돋아납니다. 강아지 똥은 민들레 새싹이 꽃을 피울 수 있다는 것을 부러워하는데, 민들레 새싹이 강아지 똥의 도움이 필요하다고 이야기

합니다. 강아지 똥은 의아해하지만 민들레는 자신이 꽃을 피우려면 강아지 똥이 거름이 돼주어야 한다고 합니다. 강아지 똥은 자신이 쓸모 있다는 것에 기뻐하며 눈물을 흘립니다. 강아지 똥은 민들레에게 자신을 내주고, 민들레는 강아지 똥을 감싸 안으며 자라나 예쁜 꽃을 피웁니다.

이 책에서 강아지 똥은 자신이 태어난 이유를 찾고 쓸모에 대해 생각하면서 마침내 탄생부터 죽음에 이르는 과정에서 자신을 내어주고 쓸모 있는 거름으로 재탄생합니다.

똥도 감사하면 거름의 삶을 살아서 꽃을 피울 수 있는 세상입니다. 사람이 감사하면 얼마나 아름다운 꽃이 지천으로 세상에 피어날지 생각하면 정말 감사하고 또 감사할 뿐입니다.

숨겨둔 행복은
감사라는 열쇠로만 꺼낼 수 있습니다

힌두교 전설에서는 이 세상이 처음 이루어졌을 때 인간에게 행복이 미리 주어져 있었다고 합니다. 행복이 주어진 인간의 모습은 어떨까요? 그야말로 안하무인에 꼴불견이었습니다. 행복이 이미 손에 있는데 뭣하러 도덕을 찾고, 질서를 찾고, 희망이니 노력이니 그런 것을 하겠습니까.

보다 못한 천사들이 회의를 열어 논의합니다. 그리고 인간에게서 행복을 회수해버리기로 결론을 내립니다. 그런데 인간들이 호기심과 모험심이 강한 생물임을 잘 아는 천사들은 고심합니다.

이 '행복'을 도대체 어디에 감춰두어야 절대로 들키지 않을 것인지에 대한 것이었습니다. 천사들은 서로 제안합니다.

"가장 높은 산의 정상에 숨겨두면 어떨까요?"

"산을 오르려는 인간은 많습니다. 곧 들킬 것입니다."

"바다는 산보다 열 배는 깊습니다. 그 속에 숨겨두면 절대 찾을 수 없을 것입니다."

"인간들의 머리는 비상해서 결국 바닷속도 다 뒤져서 찾아버릴 것입니다.”

궁리 끝에 결론이 납니다.

“인간들은 이미 행복을 맛본 상태라 그것을 미친 듯 찾으려고 할 것이오. 그러니 그것을 인간들의 마음속 깊은 속에 숨겨두기로 합시다. 인간들의 머리가 비상하고 탐험 정신이 강해도 자기들 마음속에 행복이 숨겨져 있는 것을 깨닫기는 어려울 것입니다.”

그때부터 인간은 행복을 찾으려고 했지만 좀처럼 찾을 수가 없었습니다. 왜냐하면 행복은 자신의 문제이기 때문입니다. 마음속에 있기 때문입니다. 설사 있다는 사실을 알아도 꺼내지지 않습니다. 잠겨 있는 마음의 행복은 감사라는 열쇠가 없으면 열고 꺼낼 수 없습니다. 그러나 이 열쇠는 이제 가진 사람이 거의 없어서 행복을 찾기가 점점 더 힘듭니다.

행복을 찾고 싶으십니까? 그렇다면 먼저 그 행복을 열 마음의 열쇠인 감사부터 확실하게 만들어봅시다. 그리고 행복의 상자를 꺼내 듭시다.

감사의 향기를 품어보세요

어른들이 좁은 방에서 화투판을 벌입니다. 담배를 피우며 고기를 구웠습니다. 술을 마시고 또 마시며 벌겋게 되어 떠들어댑니다. 옆집에 사는 친구가 방문을 열고 들어서며 온갖 냄새가 범벅이 된 악취에 코를 쥐었습니다. 그러나 그도 얼마 가지 않아 함께 묻혀서 악취가 됩니다. 저녁 무렵에 한 아이가 아버지를 찾아서 방문을 엽니다. 문을 열고 들어온 아이에게서 신선한 바람과 함께 꽃향기가 납니다. 어른들이 일제히 고개를 돌리고 묻습니다.

"어디 있다 온 거니?"

"꽃밭에서 놀았어요."

당신은 지금 어디에서 무슨 냄새에 묻혀 있습니까?

어느 날 부처님께서 한 비구에게 길에 떨어져 있는 종잇조각을 주우라고 말씀하시고, 무엇에 사용했던 종이 같으냐고 물으셨습니다. 이에 비구는 "향냄새가 납니다. 향을 쌌던 종이입니다"라고 답합니다. 조금 더 길을 가다 보니 이번에는 새끼줄 토막이 보입니다. 역시 비구에게 새끼줄 토막을 줍게 하시고는 무엇에 썼던 것 같으냐고 물으십니다. 비구는 냄새를 맡고는 얼굴을 찌푸리며 "비린내가 납니다. 생선을 묶었던 새끼줄입니다"라고 답합니다. 그러자 부처님께서는 다음과 같이 말씀하십니다.

"현명한 이를 가까이하면 도道와 뜻이 높아지고, 어리석은 이를 가까이하면 재앙이 오는 법이다. 종이는 향을 쌌기 때문에 아직 향냄새가 나고, 새끼는 생선을 묶었기 때문에 비린내가 나는 것과 같이."

사실 새끼줄과 종이 자체에 냄새가 있는 것은 아닙니다. 너무나 당연히 새끼줄로 향을 묶으면 새끼줄에서 향냄새가 날 것이고, 종이로 생선을 싸면 종이에서 비린내가 날 것입니다. 어떤 행위를 하고 어떤 사람을 만나서 감싸 안는가에 따라 나의 내용과 향기가 달라집니다. 이것이 이 가르침의 핵심입니다. 그런 만큼 사람을 만나는 데 신중해야 하고 말 한마디 할 때도 신중해야 합니다.

그처럼 내가 '3대 불씨 감사일기'를 널리 전파해서 2대를 많이 배출하는 일을 하려는 것은 나 스스로 삶을 예술로 가꾸는 일에 시간을 투입하고, 내 주변 사람들에게 삶에 아름다운 여운을 남기는, 향 싼 종이가 되겠다는 다짐입니다. 감사의 향기로 내 마음을 다스려 이웃과 소통하는 사람이 되고 그 향기가 만 리까지 풍기기를 바랍니다.

잘못을 지적하는 대신 감사합시다

자신이 옳다는 것을 입증하거나, 혹은 상대방이 틀리다는 것을 입증하려고 하는 행위는 상대방이 방어적인 태도를 취하게 만듭니다. 많은 사람들이 타인에게 그들의 입장이나 진술, 관점이 틀리다는 것을 알려주는 것이 자신의 의무라고 생각하고 열심히 "너 잘못되었다", "그건 잘못된 것이다"라며 충고합니다. 그리고 자신이 충고했던 사람이 어떤 식으로든 감사하게 생각하거나, 최소한 뭔가를 배울 것이라고 믿는 경향이 있습니다.

죄송하지만 이런 생각은 100% 틀렸습니다. 한번 곰곰이 생각해보십시오. 누군가의 잘못을 지적했을 때 "아, 그렇습니까? 내가 틀리고 당신이 옳다는 것을 알려줘서 정말 고맙습니다. 이제야 제대로 알게 되었습니다. 정말이지 당신은 최고예요!"라고 말하는 것을 들은 적이 있습니까? 아니면 최소한 당신 생각에 동의한 적이 있습니까? 그 빈도는 얼마나 되던가요? 100명에 1명은 되던가요? 혹시 싸움이 생기거나 불편하게 헤어진 적은 없습니까? 아예 인연을 끊은 경우는요?

사실 우리 모두는 누군가의 지적에 따라 자신의 잘못을 고치는 것을 극도로 싫어합니다. 자신의 생각이 모든 사람들에게 존중받고 이해받기를 원하지, 지적당하는 것을 원하지 않습니다.

누군가가 자신의 말에 귀 기울이기를 바라는 것은 인간이 지닌 가장 큰 욕망 중의 하나입니다. 그래서 경청이 중요하다고 합니다. 소통과 화술의 으뜸은 경청입니다. 남의 얘기를 경청하는 법을 아는 사람이야말로 타인에게 가장 사랑받고 존중받는 사람이 되는 길입니다. 반면에 타인의 잘못을 지적하는 습관에 빠진 사람을 만나면 우리는 흔히 화를 내거나 그를 피해버리고 맙니다.

칭찬과 감사는 고래도 당신도 춤추게 하지만, 질책과 비평과 지적은 무엇도 가질 수 없게 합니다. 타인의 잘못을 지적하는 습관을 버립시다. 이러한 습관을 고치는 것이 힘들 수도 있지만, 시도하고 실천할 만한 가치가 있습니다. 자존심을 내세우며 잘못을 지적하는 것보다 훨씬 더 큰 이익과 감동을 주는 것은 감사하는 것입니다.

잘못을 지적할 시간에, 그 사람에게 단 한 부분이라도 감사할 것이 있다면 먼저 감사합시다.

세상에서 제일 편한 나쁜 짓, 비판

사물의 옳고 그름을 가려 판단하거나 밝힌다는 뜻을 가진 '비판'이나, 사물의 옳고 그름, 아름다움과 추함 따위를 분석해 가치를 논한다는 뜻을 가진 '비평'은 어떤 식으로 쓰건 좋은 것과 나쁜 것, 옳고 그른 것 따위를 따진다는 행위적인 뜻을 가지고 있습니다.

분명하게 말하지만 어떤 사람도 피할 수 없는 명제가 있습니다. 바로 '사람은 감정의 동물'이라는 것입니다. 사람은 그야말로 감정 덩어리인 동물입니다. 이 동물에게는 사실 비판, 간섭, 참견, 질책은 크게 도움이 안 됩니다.

어떤 사람에 대해 자신의 견해를 밝히거나 비판하는 행동은 좋은 뜻에서 출발했다고 해도 정작 그 사람에게는 큰 도움이 되지 않는 경우가 대부분입니다. 도움이 된다면 그것은 단지 비판을 하고 싶어 입이 간질거리는 우리 자신의 욕구를 만족시키는 정도에 불과한지도 모릅니다.

그래서 지혜로운 사람들은 비판을 하지 않습니다. 그저 다른 사물에 빗대어 구름처럼 흘러가는 말을 하면서 도움을 줍니다.

그것은 직접적으로 '가르친다'는 것이 얼마나 사람의 감정을 위험하게 만드는지 알기 때문입니다. 냉정하게 말해서, 받아들일 준비가 되어 있지 않은 사람에게 건네는 비판의 말은 아무런 도움이 되지 않습니다. 하지만 비판의 결과는 그것보다 더 처참합니다. 비꼬는 말이었건, 기분 내키는 대로였건, 아니면 정말 도움이 되기 위해서였건, 비판하는 순간 아무것도 해결하지 못할뿐더러 사람들 사이에 놓인 분노와 불신의 벽을 더욱 높아지게 만듭니다.

세상에 비판받기 좋아하는 사람은 아무도 없습니다. 비판받는 사람들은 대부분 공격당하고 있다고 생각하고 두려움이나 수치심을 느끼거나, 분노에 휩싸여 격렬하게 반격하거나, 폭언을 하게 됩니다.

비판은 욕설만큼이나 좋지 않은 습관입니다. 비판을 하는 재미는 쏠쏠합니다. 그렇게 비판에 익숙해지면, 일상은 온통 비판과 혹평으로 가득 차고 주변은 적으로 가득해집니다. 비판의 시간이 주어진다면, 입을 다물고 대신 감사의 부분이 있는지 찾아보십시오. 비판할 것은 너무나 쉽게 눈에 보입니다. 그것을 눈앞에서 치우십시오. 그리고 그 사람을 사랑의 눈으로 바라보고 도움을 주고 싶다면 감사의 말을 생각해내십시오.

절로 나오는 감사가 있습니다

서정주 시인의 시 〈신록〉에는 '어이할꺼나 아- 나는 사랑을 가졌어라 남몰래 혼자서 사랑을 가졌어라'라는 구절이 있습니다. 그 사랑을 부르는 화자話者의 목소리 떨림과 기쁨이 여기까지 들리는 것 같습니다. 우리는 이처럼 생각만 해도 기쁘고 떨림을 주는 존재가 하나쯤은 있습니다. 이처럼 매일 아침 감사하는 마음을 떠올리면 바로 연결되는 사람이 있을 것입니다. 아니면 잠깐만 생각해도 마음이 따뜻해지는 감사의 은인이 있을 것입니다. 그 사람을 생각하면서 하루를 시작하면 마음의 평화는 물론 활력까지 함께 주어집니다.

삶이 감사한 선물이라고 생각하는 사람은 분명 인생에서 만난 고마운 사람들이 있는 사람입니다. 없다는 사람도 완전히 없는 것이 아니라, 억눌리거나 고통스러운 시간이 커서 잊어버리고 있는 것이 분명합니다.

가만히 생각해보면 친구, 가족, 학창 시절 선생님, 정신적인 스승, 직장 동료, 잠깐 만났지만 참으로 고마웠던 사람, 행운같이

다가온 사람 등등 수없이 많은 사람들의 정다운 모습이 떠오를 것입니다. 아니면 모처럼 환하게 갠 하늘, 미세먼지가 사라진 거리, 꽃비가 흩날리는 공원처럼 자연의 아름다움에 대해 감사하고 싶을 수도 있을 것입니다. 무거운 물건을 들지 못해서 낑낑대고 있을 때 기꺼이 들고서 계단 아래까지 옮겨준 사람의 등짝, 초보운전이고 길을 몰라 끼어들지 못해서 식은땀을 흘리고 있는데 끼어들 수 있도록 양보해준 운전자, 지갑을 잃어버려 난처한 상황일 때 도움을 준 사람, 닫히는 엘리베이터 문을 다시 열어준 사람 등 누구라도 감사한 사람들의 명단에 들어갈 수 있습니다.

마음이 부정적인 생각에 빠지도록 놔두는 일은 아주 쉽습니다. 마음의 지옥을 만드는 데는 단 몇 분이면 충분합니다. 부정적인 생각은 내리막길을 향해 액셀러레이터를 밟는 자동차 질주와도 같습니다. 붙잡을 틈도 없이 무서운 속도로 부정적인 방향을 향해 마구 내달려 갈 때, 그것을 막아주는 강력한 브레이크가 바로 감사하는 마음입니다. 감사해야 하는 것들을 떠올려보십시오. 절로 감사가 나올 것입니다.

미루지 말고 망설이지 말고
감사하다고 말하세요

"만약 당신에게 남아 있는 시간이 1시간밖에 없고, 단 한 번의 전화 통화만을 할 수 있다면 누구에게 전화를 하며, 무슨 말을 하겠는가? 그리고 그 사실을 분명히 알면서도 왜 지금 이렇게 망설이고 있는가?"

지금 당장 사랑을 표현하게 하는 유명한 말입니다. 감사도 마찬가지입니다. 감사할 사람이 분명히 있는데도 주저하는 우리는 도대체 무엇을 기다리고 있는 것일까요? 살아 있을 때 감사를 표현해야 합니다. 감사할 바로 그 순간에 감사를 표현해야 합니다.

'촛불이 꺼진 다음에 초에게 감사하다고 하지 마라'라는 말이 있습니다. 사람들은 지금이 아니라 다음의 불특정한 날짜와 시간에 '언젠가는' 사랑하는 사람들에게 감사하다고 말할 수 있으리라고 믿고 있는지도 모릅니다. 사람들 대부분은 단순히 '때'를 기다리지만 때는 기다린다고 오는 것이 아닙니다. 정확히 말하면 말하고, 표현하는 그 순간이 '때'가 되는 것입니다.

누군가에게 감사하다고 말하는 것은 기다리거나 미뤄두었다가 할 일이 아닙니다.

바로 '지금'이야말로 당신이 그들에게 얼마나 감사하고 있는지를 알릴 수 있는 절호의 기회입니다. 고민하거나 부끄러워하지 마십시오. 어떤 식으로건 감사하는 마음을 일단 알리는 일을 시작하면 익숙해지고, 하면 할수록 분명 자연스럽고 일상적인 삶의 한 부분이 됩니다. 그렇게 감사하고 또 감사하면 어느새 사람들에게 더 많은 감사와 사랑을 받는 존재가 되어 있는 자신을 발견하게 될 것입니다.

매일 감사할 일은 반드시 생깁니다

우리나라 서해 갯벌은 유럽 북해 연안, 미국 동부 조지아 연안과 함께 세계 3대 갯벌 중의 한 곳이라고 말합니다. 서해 갯벌은 조개는 물론 무수한 생명체들이 끊임없이 나고 자라서 소중한 먹을거리를 제공하고 있습니다. 무분별한 행위를 하거나 자연환경을 파괴해 고갈되지만 않는다면 언제고 캐낼 수 있는 보물 같은 공간입니다. 갯벌에는 종묘가 되는 조개들을 뿌려주기도 합니다. 감사는 갯벌과도 같습니다. 끊임없이 생명을 키워냅니다.

인생이 매일매일 비슷하고 무미건조한 것 같아도 감사할 일은 지천에 널려 있습니다. 오늘 하루도 감사하면서 보내야겠다는 마음을 먹으면 의식이 긍정적인 방향으로 흐르기 시작해서, 만나는 사람마다 친절하게 대하고 감사하는 일이 생깁니다.

감사의 마음을 표현하기를 어려워하는 것은 자신이 얼마나 좋아하고, 존경하고, 고마워하는지 말해본 적이 없기 때문입니다. 반대로 자신도 누군가에게 감사나 칭찬이나 격려의 말을 들은 기억이 별로 없습니다. 불행한 일입니다. 지금이라도 조그만 감사라도 적극적으로 표현해야 할 것입니다.

사람들이 고마움을 상대방에게 얘기하지 않는 것은 답답하지만 이런 이유입니다.

"쑥스럽게 굳이 이야기를 할 필요는 없죠. 그냥 내가 그런 마음이라는 것을 다 알겠죠."

아닙니다. 수십 년을 같이 산 배우자도 모르는 것이 우리의 마음입니다. 표현하지 않으면서 다 알아달라고 하는 것은 억지에 가깝습니다. 아프면 아프다, 고마우면 고맙다고 해야 합니다. 우리는 상대방에게 무슨 말을 해야 할지 몰라서, 쑥스러워서, 상대가 이미 자신의 마음을 알고 있어서, 아니면 감사하는 습관이 몸에 배지 않아서 감사를 주저합니다.

그런데 참 희한하게도 이런 사람들조차 다른 사람들에게 감사의 말이나 칭찬을 들으면 너무나 좋아합니다. 겉으로는 손사래를 치지만, 속으로는 뿌듯한 마음을 감출 길이 없습니다. 그렇게 좋아할 수가 없습니다. 한국인에게 '감사합니다'라는 말은 '사랑합니다'라는 말만큼이나 어렵습니다.

누군가를 향해 당신을 좋아하고, 존경하고, 또 당신이 해준 그 행동들에 대해서 정말로 감사하다고 말하는 데 걸리는 시간은 채 5초도 안 됩니다. 하지만 그 5초를 뺀 나머지 시간은 내 인생과 그 사람의 인생을 내내 훈훈하게 만들어줍니다.

'등잔 밑 감사'와 '두레박 감사'

우선 가족과 친구 등 가까운 사람들에게 '감사합니다!'라고
말해보면 어떨까요?

어머니께서 식사를 차려주시면 맛있게 먹으면서 적극적으로
"감사합니다, 정말 맛있어요!"라고 말해보고, 빨래를 해서 개어주
시면 "감사해요, 정말 뽀송뽀송해요. 음, 이 향기!" 하면서 행복한
표정을 지어보세요. 어머니의 마음은 그야말로 천국이 됩니다.

'뭐야, 엄마니까 그런 일을 하는 건 당연하잖아. 별걸 다 고맙
다고 해'라고 생각할 수 있습니다. 그러면 '등잔 밑 감사'가 어두
운 사람입니다. 그런 사람일수록 더 적극적으로 감사의 마음을
전달해야 합니다.

세상에 당연한 것은 없습니다. 모두 감사할 일입니다. 누군가
당신 대신에 무엇을 해주었기 때문에 당신이 지금 이 상태로 있
는 것입니다. 낳아주고, 길러주고, 아프면 업고 병원에 가고, 잠
못 자고 병간호를 하고, 교육비 때문에 자신의 소망을 포기하는
일도 스스럼없이 합니다. 그렇게 감사해야 할 등잔 밑의 사람은

무수히 많습니다.

직장에서도 '감사합니다'라는 말을 자주 사용해보십시오. 대접이 달라집니다. 여직원이 커피를 한 잔 사줬을 때나, 손님이 왔는데 대신 차를 대접하고 응대해주었을 때, 다소 서툰 일을 대신 도와줬거나 가르쳐줬을 때, 그리고 정보를 줬을 때 등 자세히 들여다보면 실로 많은 경우에 다른 사람들의 도움을 받고 있습니다.

입장 바꿔서 생각하면 그 일들은 전혀 '당연한' 일이 아닙니다. 당연하게 생각하지 말고 반드시 감사하다고 답례해야 합니다. 그것도 그냥 무미건조하게 감사하다고 할 것이 아니라, 더 풍성하고 정확하게 말해주면 좋습니다.

"김 아무개 씨가 동아전기공업의 거래처 분들을 잘 응대해주셔서 일이 정말 수월하게 진행되었습니다. 정말 감사드립니다" 하는 식으로 말입니다.

깊은 샘물은 퍼 올릴수록 더 맑고 시원한 물이 나온다고 합니다. 감사의 샘이 있다면 분명 이처럼 맑고 시원한 물이 퍼 올리면 퍼 올릴수록 샘솟을 것이라고 생각합니다. 감사의 말과 마음에 목마른 사람들의 가슴까지도 시원하게 적셔줄 수 있는 샘물이 되어보십시오.

감사의 샘물은 길어 올릴수록 맑고, 달고, 시원하고 또 깨끗합니다. 두레박을 멈추는 일을 하지 마십시오.

생각하면 모든 것이 다 감사함입니다

작년 가을에 서울양양고속도로를 달려봤습니다. 서울특별시 강동구와 강원도 양양군 서면을 연결하는 고속도로인데 서울춘천고속도로를 포함해 총길이 150.2km로 2017년 6월 30일에 전 구간이 개통되었습니다.

그전에도 몇 번 가기는 했지만 양양 구간이 막혀 있었습니다. 그러다가 이 노선이 완전 개통됨으로써 서울에서 양양까지의 이동 거리가 종전에 국도를 이용할 때보다 25.2km 줄어들어 주행 시간도 종전의 2시간 10분대에서 1시간 30분대로 단축되었습니다. 감사할 일입니다. 내가 모르는 시간에, 내가 모르는 공간에서 나를 위해서 한 것이라고 생각합니다. 물론 이렇게 이야기하면 "당연하지! 그게 다 내가 낸 세금이고, 통행세 받아먹잖아!"라고 말하는 분도 있습니다. 그렇게 말하면 저도 "그렇게 생각하실 수도 있죠. 다른 의견을 주셔서 감사합니다"라고 말하겠습니다.

하지만 누군가 결국 자신이 돈을 벌기 위해서라고 하지만 질 좋은 옷, 맛있는 식빵, 건강한 음식, 깨끗한 화장실은 모두 감사할 것들입니다. 최초의 인간은 빵을 먹기 위해 얼마나 많은 일을 해야 했을까 생각해본 적이 있습니까?

밭을 갈아 씨를 뿌리고, 그런 뒤 가꾸고 거두어들여서 빻아 가루로 만들고, 여기에 계란과 물을 넣어서 반죽하고, 반죽한 것을 숙성시키고, 장작불을 때고 굽는 과정 등의 여러 단계를 거쳐서 겨우 하나의 빵이 나왔습니다. 그런데 지금은 돈만 있으면 그보다 훨씬 더 맛있고 다양한 빵을 빵집에서 구입할 수 있습니다. 옛날에는 혼자서 모두 해야 했던 일을 여러 사람이 나누어 하고 있기 때문입니다. 그렇다고 해서 감사의 의미가 사라지는 것은 아닙니다.

농부의 땀방울이 있기에 우리가 밥을 먹을 수 있습니다. 산업 현장에서 일하는 근로자가 있기에 우리의 삶이 풍요로워지고, 전방을 지키는 군인이 있기에 마음 편하게 잠자리에 들 수 있습니다. 경찰과 소방관이 있기에 범죄와 화재로부터 안심할 수 있으며, 우체국이 있기에 물품과 우편물을 편하게 보낼 수 있습니다. 수타면을 만드는 사람이 있기에 자장면을 맛있게 먹을 수 있고, 김치를 담그는 사람이 있고 이것을 다시 나눔으로 실천하는 사람이 있기에 독거노인들은 오늘도 김치와 밥을 걱정하지 않습니다. 생각하면 모든 일이 감탄이고 감사입니다.

긍정적인 밥, 감사!

🌵

함만복 시인의 〈긍정적인 밥〉이란 시에는 "시 한편에 삼만 원이면 너무 박하다 싶다가도 쌀이 두 말인데 생각하면 금방 마음이 따뜻한 밥이 되네"란 구절이 있습니다.

사람은 하루 평균 5만 가지 정도의 생각을 한다는 연구 보고서가 있습니다. 그야말로 엄청난 숫자입니다. 하루를 초 단위로 계산하면 86,400초입니다. 이렇게 보면 자는 시간 빼면 거의 매초마다 다른 생각을 한다는 말입니다. 물론 그중 일부는 긍정적이고 생산적인 생각일 것입니다. 하지만 불행히도 대다수는 화가 나고, 두렵고, 비관적이며, 걱정스러운 생각 같은 부정적인 것들입니다. 사실 마음의 평온과 관련된 문제는 부정적인 생각을 갖게 만드는 상황이 아니라, 그것을 처리하기 위해 긍정과 부정 중에서 무엇을 택하는가에 달려 있습니다.

부정적인 생각이 머리에 떠오르고 어떻게든 처리해야 하는 순간에 이르면, 두 가지 선택만이 우리를 기다리고 있습니다. 긍정의 밥을 먹을지, 부정의 밥을 먹을지는 숟가락을 든 우리의 선택입니다. 부정의 밥을 한 술 뜨기 시작하면 계속 그 밥을 먹어치울 것입니다. 반대로 긍정의 밥을 선택하면 또 그 밥을 먹을 것입니다. 따라서 밥을 먹어야 한다면 긍정의 밥을 먹읍시다.

자녀가 반항하고 공부를 안 한다면 그래도 건강하고 튼튼하게 자라고 있다고 생각하고, 교통 단속 카메라에 찍혀서 과태료 고지서가 날아오면 그래도 차가 있으니 이런 것도 오는구나, 교통사고 안 당한 것이 어디냐 하고 생각하고, 설거지가 쌓였다면 식구들이 정말 밥을 맛나게 먹어줘서 너무 고맙다고 생각하고, 살이 쩌서 짜증 난다면 내가 잘 먹고 잘 살고 있다는 증거이고, 청소할 것들이 너무 많다면 그건 내가 가진 것이 그만큼 많은 것이고, 난방비가 많이 나왔다면 그건 내가 따뜻하게 겨울을 보냈다는 증거이고, 영화관에서 앞에 앉은 사람의 머리가 너무 커서 화면이 잘 안 보이면 그건 내가 영화를 보러 올 여유가 있다고 생각하고, 세탁하고 다림질할 것이 많다면 그건 내가 입을 옷이 그만큼 많다는 것이고, 온몸이 피로하다면 그건 내가 어제도 열심히 일했다는 증거이고, 이른 새벽 자명종 소리에 깼다면 그건 내가 출근할 회사가 있다는 증거입니다. 긍정적인 밥 한 숟가락을 드십시오. 밥맛이 꿀맛입니다.

감사는 드물기에 귀합니다

🌵

《자원전쟁》이란 책에 따르면, 현재 지구에 존재하는 금의 양은 매장된 것과 채굴된 것을 합해 모두 30만 톤 정도입니다. 그렇게 많은가 하고 놀라실 수 있습니다. 그렇다면 이 숫자는 어떻습니까? 같은 유한광물인 석탄은 무려 9천억 톤. 금은 석탄에 비한다면 매장량이 한참 떨어집니다. 무려 3백만 배 차이입니다.

이렇게 생각해보면 어떨까요? 금과 석탄의 매장량을 바꾼다면 그 가치도 역시 바뀔 것입니다. 금이 연탄만 한 사이즈가 1,000원, 석탄이 3.75g에 20만 원. 이렇게 될 수도 있을 것입니다.

물론 쓰임새도 다르고 광물의 성질도 다르지만 그만큼 금이란 광물 자체가 드물기에 경제법칙상 희소성의 법칙이 적용되어 비쌉니다.

옛날 인간들의 기도를 모으려고 세상으로 보내진 두 천사에 대한 전설이 있습니다. 한 천사는 그의 바구니에 사람들의 소원하는 기도를 가득 채우려 했습니다. 다른 천사는 그 바구니에 인간들의 감사하는 기도를 모으려 했습니다. 두 천사는 바구니를

다 채우고 하늘로 올라가자고 했습니다. 과연 누가 먼저 하늘나라로 올라갔을까요?

정답은 둘 다 아직도 하늘나라에 올라가지 못했습니다. 한 천사는 바구니가 넘칠 정도로 채우고 또 채웠지만, 인간들의 수많은 소원이 끊이질 않아서 하늘로 올라갈 수가 없었습니다. 그리고 인간의 감사를 담아 오겠다고 내려간 천사는 인간들이 감사하는 기도를 열심히 찾아다녔으나, 아무리 돌아다녀도 다 채울 수 없었습니다.

드물기에 이처럼 귀한 감사를 당신이 누군가에게 한다면 그 사람은 어떤 마음을 가질까요?

겸손하지 않는 사람에게
감사는 없습니다

세상에 '자기 자랑'을 잘해서 좋게 평가받는 사람은 없습니다. 허영심이나 자존심이 겉으로 나타나지 않는 것은 그나마 나은 편이고, 심한 경우는 노골적으로 자기 자랑으로 시작해서 자기 자랑으로 끝나는 사람도 있습니다. 칭찬받고자 하는 일념으로 끝없이 자랑을 늘어놓는 사람을 본 일이 있을 것입니다. 그런데 그들의 자랑이 설사 정말이라 하더라도, 그것 때문에 칭찬받는 일은 없습니다.

침묵하고 있어도 빛나는 것은 자연히 빛이 납니다. 낭중지추囊中之錐라고 했습니다. 주머니 속의 송곳은 가만히 있어도 반드시 뚫고 비어져 나옵니다. 뛰어난 재능을 가진 사람은 남의 눈에 어떻게든 띕니다.

그러니 혹시라도 경력 등 자신의 이야기를 해야만 할 때도, 오해받을 말은 직접적인 것이든 간접적인 것이든 일절 삼가도록 항상 유의해야 합니다. 차라리 아무 말도 하지 않고 겸손하게 침묵하고 있으면 상대는 장점이 있고 대단한 사람이라고 생각합니다. 내가 대단히 잘났다는 생각을 버립시다. 나만 잘났다는 생각을 빨리 버려야 합니다. 어떤 때는 자식에게서도 배울 것이 있기에 어른들만 잘날 수도 없으며, 친구 사이에서 설사 내가 출세했다고, 돈이 많다고 해서 나만 잘난 것도 아닙니다. 모임에서도 그렇고, 회사에서도 그렇고, 나랏일에서도 마찬가지입니다. 대신 내가 실수한 것은 없는지 돌아보고, 나의 부족한 부분을 항상 생각하고, 겸손하게 행동하고, 주변의 사람들에게 항상 감사하는 사람만이 다른 사람들에게 훌륭한 평가를 받습니다. 자기 자랑이 아니라 타인들이 기꺼이 나를 자랑해줍니다.

배울수록 고개를 숙이고 감사합시다

안자어晏子御라는 고사성어는 '안자晏子의 마부'라는 뜻을 가지고 있습니다. 하찮은 지위를 믿고 의기양양해하는 도량이 작은 사람을 칭하는 말입니다.《사기》〈관안열전管晏列傳〉에서 유래하는데 그 내용은 다음과 같습니다.

안자가 제齊나라 재상이 되어 외출할 때, 마부의 아내가 문틈으로 자기 남편을 엿보았습니다. 남편은 큰 차양을 잡고 말에게 채찍질을 하며 의기양양하게 만족스러운 모습이었습니다. 마부가 집에 돌아오자 아내는 헤어질 것을 요청합니다. 남편이 이유를 묻자 아내가 이렇게 대답합니다.

"안 재상(안자)은 키가 육 척도 안 되는데 제나라의 재상이 되어 제후들에게 명성을 떨치고 있습니다. 오늘 제가 외출하는 모습을 보니 생각이 깊고 항상 자신을 겸손하게 낮추었습니다. 그런데 당신은 키가 팔 척이나 되면서 남의 마부 노릇이나 하며 마음속으로 스스로 만족하고 있습니다. 저는 이런 이유로 헤어지자고 한 것입니다." 남편은 이후 겸손해졌습니다. 안자가 이상하게 생각되어 까닭을 물으니 마부가 아내와의 대화를 말해주었습니다. 안자는 기꺼이 그를 추천해서 대부로 삼았다고 합니다.

안자는 제나라의 명재상 안영晏嬰을 말합니다. 안영이 명재상으로 이름난 것은 명석한 지혜와 겸손한 인품 때문이었습니다. 그런데 안영의 말을 모는 사내는 마부 주제에 겸손은커녕 호가호위하며 마부 노릇을 했던 것입니다. 그러니 아내가 보기에 부끄러운 일이 아니었겠습니까.

남에게 자신을 낮추는 사람들은 정말로 자신의 능력이 부족해서 낮추는 것이 아니라 자신감이 있기 때문에 오히려 겸손한 것입니다. 능력이 부족하거나 자신감이 없는 사람들일수록 큰소리를 치며 자신을 감추고 포장하려고 합니다. 이들은 겸손하기보다 교만한 경우가 대부분입니다. 빈 항아리가 요란한 법입니다.

선천적으로 겸손해서 자신을 낮출 줄 아는 사람은 드뭅니다. 대부분은 겸손하려고 노력해서 도달한 사람들입니다. 그들은 겸손이 가장 큰 무기이며, 세상에서 가장 무서운 사람이 자신을 낮출 줄 아는 사람이라는 사실을 이미 알고 있는 것입니다. 벼는 익을수록 고개를 숙인다는 평범한 진리를 마음에 새기고 감사하고 겸손해집시다.

거절조차 감사해보았습니까?

ᅟ
♣

ᅟ

래리 윌슨Larry Wilson이라는 대단한 보험 판매왕이 있었습니다. 이 사람이 쓴 책《세일즈 혁명》에 감사와 관련된 이야기가 있습니다.

그가 판매 일에 뛰어들었을 당시, 모든 사람들이 항상 자신을 좋아한다고 믿었습니다. 보험 판매원 대부분의 아주 높은 기대치라고 할 것입니다. 그러나 실전에 돌입하자 믿음과 반대되는, 즉각적이고 강력한 부정 반응을 얻었습니다. 거의 모든 사람들이 보험 판매원을 기피했던 것입니다. 윌슨은 상처를 받았고 자존심이 무너졌습니다. 그래서 보험 판매원을 집어치우기로 했습니다. 그런데 우연히 한 친구가 준 책에서 믿음의 의미를 발견합니다. 그러고 나서 한 걸음씩 전진합니다.

당시 윌슨의 실적은 평균 스무 명을 만나야 생명보험 하나를 파는 꼴이었습니다. 판매 수수료는 약 500달러였습니다. 그러니 500달러를 벌기 위해서 스무 번 방문한다면, 고객 한 명을 만나는 데 25달러가 떨어진다는 결론이 나옵니다.

그는 A라는 사람을 만나서 보험 가입을 권유하고 거절당합니다. 과거라면 자존심에 상처를 입힌 그 사람을 저주하면서 돌아서겠지만, 윌슨은 이렇게 말합니다.

"25달러를 주셔서 감사합니다."

다음 고객, 다음 고객의 거절에도 이렇게 대답합니다. 그들이 거절할 때마다 윌슨은 감사했습니다. 이후 어떤 일이 벌어졌을까요? 스무 명의 잠재 고객이 열 명으로 줄고, 500달러의 수수료는 1,000달러로 올라갔습니다. 그리고 윌슨은 매일 아침 빨리 밖으로 나가서 "25달러를 주셔서 감사합니다"를 하고 싶어서 안달이 났습니다.

윌슨이라는 사람에게 무슨 일이 생겼습니까? 판매술에 다른 변화가 있었나요? 아닙니다. 오직 감사했을 뿐입니다. 감사가 사람을 변화시켰고, 감사가 긍정적인 믿음을 주었고, 감사가 희망찬 행동을 만들었습니다. 그것이 바로 감사의 힘입니다.

알면 알수록 하기 힘든 감사

아주 뛰어난 재주를 가진 화가가 있었습니다.

왕이 화가에게 물었습니다.

"무엇을 그리는 것이 가장 어려운가?"

화가가 대답합니다.

"말이나 개를 그리는 것이 가장 어렵습니다."

왕이 다시 묻습니다.

"그렇다면 무엇을 그리는 것이 가장 쉬운가?"

화가가 대답합니다.

"도깨비를 그리는 것이 가장 쉽습니다."

왕이 이상하게 여겨 또다시 물었습니다.

"말이나 개는 항상 보는 것인데 그리기 어려운 이유가 무엇이며, 도깨비는 눈에 보이는 것도 아닌데 그리기 쉬운 이유가 무엇인가?"

화가가 대답했습니다.

"말이나 개는 아침부터 저녁까지 항상 사람들의 눈에 띄기 때문에 사람들이 그 모양을 잘 알고 있습니다. 그러므로 조금만 잘

못 그려도 사람들이 바로 알아보기 때문에 그리기가 어렵습니다. 그러나 도깨비는 형체를 본 사람이 없기 때문에 아무리 잘못 그릴지라도 시비하는 사람이 없습니다. 도깨비를 그리기 쉬운 이유가 바로 이것입니다."

《한비자》견마난귀매이犬馬難鬼魅易라는 구절의 이야기입니다.

저는 이 이야기를 읽고서 감사의 말을 어린이들이 더 잘하는 까닭을 알았습니다. 아이들은 때가 덜 타서 그렇습니다. 아이들은 자신을 내세우거나 잘난 척하는 것이 없습니다. 감사하다는 말을 하는 것을 부끄러워하지 않습니다. 잃을 것이 없기 때문입니다.

그러나 어른들은, 그리고 가진 것이 많고 배운 것이 많고 아는 것도 많은 잘난 사람들은 감사의 말을 표현하는 것이 서툽니다. '내가 뭐가 부족해서', '내가 왜?', '내가 뭐가 아쉬워서'라는 단서 조항을 달기 때문입니다. 더 배운 사람들이, 더 많이 가진 사람들이, 더 잘났다고 믿는 사람들이 감사할 줄 모르는 것은 이래서입니다.

알면 알수록 하기 힘든 것이 감사입니다. 그러나 자신을 내려놓고, 감사 그 자체만 들여다보면 언제 어느 때고 할 수 있는 것이 또한 감사입니다.

전기가 어둠을 밝히듯
감사로 주변을 밝히고 싶습니다

ϯ

무작정 서울로 상경했던 젊은 시절, 청계천2가에서 군밤과 오징어, 땅콩을 팔았습니다. 먹고살겠다고 몸부림쳤지만 경제 사정은 좀체 나아지지 않았습니다. 원망과 불평으로 가득 찬 시절이었습니다. 단속하던 경찰과 마찰을 빚어 유치장 신세를 지기도 했습니다. 부조리한 세상에 분통이 터져 매일 술로 지새우며 세상을 원망했습니다. 그러던 어느 몹시 추운 겨울날, 밤하늘을 올려보다 불평으로 바꿀 수 있는 게 하나도 없다는 사실을 깨닫게 되었습니다.

나는 그 후 불평을 끊고 손님은 물론 주변인들에게 감사하기 시작했습니다. 감사가 입에 붙고, 몸에 붙고, 마음에 붙으니 주변에 돕는 사람들이 붙었습니다.

지금까지 회사가 이뤄온 성장은 모든 임직원의 노력의 힘입니다. 항상 이들에게 감사합니다. 1999년 인수한 회사 사정은 힘들었습니다. 하지만 우리 모두가 감사하는 마음가짐을 갖기 시작하면서 일터가 행복해졌습니다. 2013년에 본격적으로 해외 수

출을 시작해 무역의 날에는 100만 불, 300만 불 수출탑을 수상했습니다. 동아전기공업은 현재 27개 국가에 제품을 수출하고 있습니다. 2018년에는 해외 시장 수출 실적을 100% 확대할 계획입니다. 앞선 기술력을 바탕으로 2018년에는 수출 450만 불, 2025년에는 3,000만 불을 계획하고 있습니다.

전기가 어둠을 밝히듯, 전기산업 전문가로, 전기산업 전문 기업으로 주변 이웃들의 마음에 등불을 밝히고 싶습니다. '3대 불씨 감사일기' 공유 운동과 감동 나눔을 통해서 험한 바다 위를 항해하는 세상의 모든 배들에 작지만 소중한 등대가 되고자 합니다.

오직 한 가지 비결, 감사!

군밤 장수로 시작해 동아전기공업(주)를 포함해 서너 개의 기업체를 거느리는 회장 자리에 오르게 한 원동력이 무엇인지 묻는 사람들이 많습니다. 대답은 간단합니다. "福받고 싶으면 상대방에게 福을 주라. 그러면 반드시 福을 받을 것이다"입니다.

"日計之는 損이나 年計之는 益이다"라는 원리로 상대방에게 감동과 감사의 복을 듬뿍 안겨주면, 얼핏 하루하루 생활은 손해가 되는 것 같아도 연말 정산을 해보면 이익입니다. 내 삶의 철학은 남을 감동시키는 것이고, 남에게 감사하는 것입니다. 나는 그 일을 기꺼이 죽는 날까지 할 것입니다. 내가 즐겨 외우는 조동화 시인의 시 〈나 하나 꽃 피어〉를 나에 빗대면 다음과 같습니다.

나 하나 꽃 피어 -조동화

나 하나 꽃 피어
풀밭이 달라지겠냐고

말하지 말아라.
네가 꽃 피고
나도 꽃 피면
결국 풀밭이 온통
꽃밭이 되는 것 아니겠느냐
나 하나 물들어
산이 달라지겠냐고도
말하지 말아라.
내가 물들고
너도 물들면
결국 온 산이 활활
타오르는 것 아니겠느냐

나 하나 감사해 -김광수

나 하나 감사해
세상이 달라지겠냐고
말하지 말아라.

네가 감사하고

나도 감사하면

결국 세상이 온통

감사의 꽃밭이 되는 것 아니겠느냐

나 하나 감사해

냉정한 이 세상이 달라지겠냐고도

말하지 말아라.

내가 감사하고

너도 감사하면

결국 온 세상이 (활활)

사랑과 감동으로 타오르는 것 아니겠느냐

암은 암이고, 감사는 감사입니다

지난 2015년 9월 18일. 날짜도 잊지 못합니다. 병원에서 전립선암 진단 결과를 통보받았습니다. 하지만 두려움은 전혀 들지 않았습니다. 대신 지금까지 해온 것처럼 주어진 환경에 감사하며 살아야겠다는 생각을 먼저 했습니다. 너무나 담담한 태도에 많은 사람들이 놀랍니다. 걱정하십니다. 그러나 모든 것에 감사하며 살아왔기 때문에 담담한 것이 아닐까 싶습니다.

전립선암이 임파선이나 뼈에 전이가 됐는지 안 됐는지 검사 결과를 보러 가는 날, 숫자도 헤아리지 못할 정도로 많은 격려 문자와 걱정 문자와 건강을 기원하는 문자가 왔습니다. 감사일기의 위력을 실감하고 참으로 감사했습니다. 저 같은 것을 위해 이렇게 걱정을 하시다니.

집으로 돌아와 새벽 2시에 깨어서 밤하늘을 올려다봅니다. 감사의 별빛이 나에게 쏟아져 내립니다. 내게 감사가 없었다면, 암이라는 진단을 받고도 이렇게 초연할 수 있었을까 생각하니 눈물이 납니다. 감사는 어떤 상황에서도 긍정적으로 해석하는 능력이라는 것을 암에 걸리고서야 정말 진실로 알았습니다.

무조건 감사하며 살다 보면 "이렇게 하다가 영악한 사람들에게 내가 뒤처지고 바보가 되는 것 아냐?"라는 억울한 생각이나 의구심이 들 수도 있습니다. 그런 마음이 들 때가 감사의 고비인데, 모든 것을 하늘에 맡기고 무조건 말과 글의 뒤에 "감사합니다"라는 단어를 붙이고 살아야 한다고 말했습니다. 그러면 얼굴에 화기가 돌고 삶이 변화한다고 말했습니다. 말하고도 나는 그 말에 100%의 확신을 가지지는 않았습니다. 99%라고 생각했습니다. 감사하는 척하고 사는 줄 알았는데, 나도 내가 진짜 감사로 산다는 것을 암에 걸리고서야 확실히 알았습니다. 지금은 정상인처럼 생활하는 데 아무런 불편함이 없습니다. 내 몸을 소중하게 알게 해준 암에 참 감사합니다.

불빛같이 살아갑시다

부산 영도 절영로 해변 바닷가 산책로를 걷습니다. 이곳이 이렇게 아름다운 줄 몰랐습니다. 감사할 절경입니다. 산책로 높낮이가 적당하고 1시간 종주하면 땀이 납니다. 암벽 계단 타고 바다로 내려가 기암괴석 사이로 바닷물이 부딪혀 발생하는 다량의 음이온을 즐기고, 아무도 없는 암벽 사이 양지바른 곳에서 반바지만 입고 일광욕을 즐기며 법륜 스님의 즉문즉설을 듣습니다.

멀리 바다에 수없이 떠 있는 배들을 보니 45년 전 영도 영선국민학교 앞에서 호떡 장사를 할 때 생각이 납니다.

호떡 장사를 마치고 영선동 공동묘지 근처 집으로 올라가다 숨이 차 한숨 쉬면서 바다를 바라보다 바다 위에 떠 있는 배의 불빛을 향해 "김광수! 너는 어떤 어려움이 있어도 저 불빛같이 빛을 발하며 살아가라!"고 다짐하고 또 다짐했던 추억들이 스쳐 지나갑니다. 지난 일을 오늘 이곳에서 반추해볼 수 있어 감사합니다.

그리고 바다 위에 떠 있는 저 배 중에 어느 한 배를 통해 동아전기 제품이 수출된다고 생각하니 동아전기 직원들에게 감사합니다.

감사를 습관으로 만들어보세요

체중 감량의 최종 목적은 지방을 줄여 건강하게 사는 것입니다. 이 목표를 이루기 위해서는 장기간에 걸친 노력이 필요한데, 급격하게 체중 감량을 할 경우에는 지방뿐 아니라 우리 몸을 구성하는 꼭 필요한 영양소들이 빠지기 때문에 유의해야 합니다.

특히 단기간에 체중을 많이 감량하기 위해 무작정 굶는 경우가 많은데, 이러한 방법으로 체중을 감량할 경우 지방보다는 근육의 소실이 크며, 미네랄 및 비타민 등 필수 미량 영양소 등의 섭취가 감소되기 때문에 피부의 탄력이 없어지는 등 노화 증상이 나타납니다. 단기간의 다이어트가 결코 몸에 좋지 않다는 것을 알면서도 사람들은 이 방법을 택합니다.

왜냐하면 다이어트는 무조건 음식을 참거나 싫어하는 음식을 먹어야 하는 고통스러운 과정이기 때문에 오랜 기간 지속할 자신이 없고, 단기간에 살을 빼 확연히 변화한 자신의 모습을 보고 또 보여주고 싶은 마음이 강하기 때문입니다. 하지만 잠깐 운동하고 살 빠지기를 바라는 마음이나, 잠깐 감사하고 뭔가 바뀌기를 바라는 마음이나 참(모두) 도둑놈 심보입니다.

사람들은 자신도 모르는 사이에 갖가지 버릇이나 습관을 몸에 익히고 있습니다. 우물쭈물하는 버릇, 차일피일 미루는 습관, 변명을 늘어놓는 버릇, 매사 소극적으로 받아들이는 버릇, 화부터 내는 버릇, 일찍 단념해버리는 버릇, 무엇이든 남의 탓으로 돌리는 버릇, 시간을 낭비하는 버릇처럼 살펴보면 성공하는 삶을 위한 좋은 습관을 가로막는 버릇은 얼마든지 있습니다. 각양각색의 버릇을 가지고 있습니다.

인생 성공의 비결은 한마디로 말하면 간단합니다. 나쁜 버릇을 없애고 성공하는 삶을 위한 좋은 습관을 몸에 익히는 것입니다. 좋은 습관을 익히는 것은 자신을 지배하고 조절할 수 있다는 것입니다.

감사는 습관이 되어야 힘을 발휘합니다. 일회성의 감사는 힘이 없습니다. 하루 미친 듯이 운동한다고 해서 몸이 좋아지지 않는 것과 같습니다. 대부분 그래서 작심삼일 하다가 화내고, 욕하고, 헐뜯고, 핑계를 대고, 미루는 모습으로 돌아갑니다. 감사는 꾸준하게 해야만 결실을 맺습니다. 하기 쉬운 것은 나쁜 습관이고, 하기 힘든 것이 좋은 습관입니다. 원래 좋은 것들이 만들기 힘든 법입니다. 하지만 이런 감사 습관이 몸에 배면 마침내 감사의 근육이 튼튼하고 힘차게 삶을 움직이는 힘이 됩니다.

감사感謝는 말로만 하는 것이 아닌 행동으로 하는 것입니다. 감感은 마음 심心과 다 함咸 자로, 마음을 다한다는 뜻입니다. 사謝는 모두 3개의 글자로 이루어져 있습니다. 말씀 언言, 몸 신身, 마디 촌寸이 그것입니다. 글자 그대로 말과 몸이 마디마디 연결되어 있어야 한다는 것입니다. 말과 몸이 하나로 딱 붙어 있어야 합니다. 이렇게 행동으로 온 마음을 다해서 행동하는 것이 진정한 감사의 표현입니다.

백 번 듣는 것이 한 번 보는 것만 못하고,
백 번 보는 것이 한 번 행하는 것만 못하며,
백 가지 기술도 한 번의 지극한 정성만 못하고
천 가지 생각도 한 번의 행동만 못한 법입니다.
백문이불여일견百聞而不如一見 이요,
백견이불여일행百見而不如一行 이며,
백기불여일성百技不如一誠이요,
천사불여일행千思不如一行입니다.

연탄처럼 뜨겁게 감사하며 살아갑시다

통도사 취운암의 새벽 공기가 내 생각 속에 쌓여 있는 삶의 번뇌를 몰아냅니다. 매일 새벽 걷는 통도사 백련정사 입구 바위에 새겨 있는 글을 읽다 이마를 후려치고 지나가는 눈발의 회초리를 맞았습니다. 마치 나의 욕심 많은 마음을 죽비로 두들겨대는 것 같습니다.

靑山兮要我以無語 (청산혜요아이무어)

청산은 나를 보고 말없이 살라 하고

蒼空兮要我以無垢 (창공혜요아이무구)

창공은 나를 보고 티 없이 살라 하네

聊無怒而無惜兮 (요무노이무석혜)

성냄도 벗어놓고 탐욕도 벗어놓고

如水如風而終我 (여수여풍이종아)

물같이 바람같이 살다가 가라 하네

- 나옹선사

284

빈손은 언제나 아름답습니다. 비어 있기에 언제나 채울 수 있는 까닭입니다. 누가 뭐래도 받아줄 수 있는 여유로움이 가득한 그 상태는 아름다움입니다. 비어 있어야 새로운 것을 담을 수 있고, 비어 있어야 언제든 자유롭게 어려움을 도울 수 있습니다. 빈손은 준비된 자세입니다.

빈손은 남의 무거움을 가볍게 해주기도 하고 빈 마음을 위로할 수도 있습니다. 가득 채워짐은 자만할 수 있으나, 부족하고 비워지면 이내 고개 숙이는 겸손의 이치를 깨달을 수 있습니다. 오늘 아침 백련정사 앞을 걸으면서 다시 빈 하늘이 더 높고 맑게 보이는 이유를 깨닫습니다. 그리고 과연 지금까지 내가 그렇게 살았는가를 돌이켜 반성해봅니다.

나는 평소 연탄 같은 삶을 살겠다고 다짐했건만, 안도현 시인의 말처럼 삶이란 나 아닌 그 누구에게 기꺼이 연탄 한 장 되는 것이어야 하는데 그렇게 살지 못한 것 같습니다. 연탄은 일단 제 몸에 불이 옮겨 붙으면 하염없이 뜨거워지며 밤을 새워 누군가를 위해 하얗게 타들어갑니다.

50년 전 서울 종로구 관철동 삼일빌딩 근처에서 군밤 장사를 할 때는 모질게 이타적 삶을 살려고 했는데, 등 따뜻하고 배부르니 어느새 삶의 이치를 망각해버린 것만 같습니다. 여태껏 나는 그 누구에게 연탄 한 장도 되지 못한 것 같습니다.

매일 아침 다시 다짐합니다. 힘겹고 먼 길을 걷고도 결코 방에 먼저 들어가지 않고, 고급 방석이 있어도 빙그레 웃기만 할 뿐 항시 나 아닌 모든 사람을 위해 대기하며, 그들이 나를 찾으면 금세 나타나 어디든 묵묵히 동행하고, 낮은 곳에 있으면서 조금도 내 몫을 챙기지 않으며, 불평불만하지 않을 참을성으로 내 한 몸 다 닳도록 할 일만 하는 우직한 모습으로 연탄처럼 살겠습니다.

감사의 셈법

오늘은 의미 있는 산수 공부를 해보겠습니다.

"5 빼기 3은 뭘까요?" 오(5)해를 타인의 입장에서 세(3) 번만 더 생각하면 이(2)해가 된다는 뜻입니다. 이해가 되면 분노가 사라지고, 이해가 되면 서로가 편해집니다.

"그럼 2 더하기 2는 무엇일까요?" 이(2)해하고 또 이(2)해하는 게 사(4)랑입니다. 이 얼마나 멋진 말입니까.

"4+4=8도 맞혀보실래요?" 사(4)랑하고 또 사(4)랑하면 팔(8)자도 바뀌는 것이랍니다. 우리 모두 5-3=2, 2+2=4, 4+4=8의 삶의 셈본을 철저히 지켜 감사하는 삶을 살면 좋겠습니다.

그런데 참고로 감사(4)하고 또 감사(4)해도 팔(8)자가 바뀝니다. 우리 모두 감사하면서 살아갑시다.

감사일기 더하기 용서일기

용서합니다. 저의 의도와 다르게 저를 나쁘게 평가하고 힘들게 만드시는 모든 분들을 용서합니다. 이 역시 저의 불찰입니다. 그러한 분들 진심으로 모두 용서하고, 저 자신을 돌아보며, 조금 더 다가갈 수 있도록 노력하겠습니다. 오히려 채찍질해주신 분들께 감사합니다.

40년 전에 신장결석으로 부산 복음병원에 입원해 종합검사 받다 간암 진단을 받고, 하나님이 생명을 연장해준다면 당신에게 더 잘하며 살겠다고 기도했는데, 서울대병원에서 확인하니 지방간이었습니다.
개구리가 올챙이 시절 모르고 교만한 생활을 했습니다.
당신을 이해해주기보다 비판이 앞섰고,
덮어주기보다 들추기를 즐겼으며,
씨매주기보다는 아픈 데를 건드렸고, 삐끗하면 부부싸움하고
다혈질 성격을 참지 못해 다투었던 기억들이 내 가슴을 저미게 합니다.
여보! 이 모든 것 용서해주십시오.

이번에 전립선암 진단받고 투병 생활해보니 가족들의 소중함을 알겠습니다.
남은 인생 덤으로 생각하고 성경에 나오는 선한 사마리아인같이
항상 이웃과 가족들에게 봉사하는 사람이 되겠습니다. 감사합니다.

- 아내를 향한 용서일기

용서일기 때문에 지난 일들을 반성하며 그 당시 관련자들을 떠올리며 반성하며 용서를 구했습니다. 특히 장모님께 용서를 구합니다. 젊었을 때 워낙 지랄 같은 성질이라 툭하면 아내와 다투기도 했습니다.
마산 합성동 살 때 장모님이 와 계신데도 친구와 아침까지 술 먹고 집에 오니, 장모님 계신데 아침까지 술 먹고 왔다고 핀잔 주는 마누라에게 항의한다고 친구 앞에서 마당에 데굴데굴 구르며 난리를 피웠습니다.
어린애도 아니고 사위가 그랬으니 얼마나 황당했겠습니까.

장모님이 지금까지 살아 계시면 옛날 말하며 따뜻하게 대접해드릴 것인데.
장모님, 정말 죽을죄를 지었습니다.
제가 자식을 키워보니 장모님 마음이 얼마나 아프셨는지,
얼마나 숯덩이같이 새카맣게 탔는지 알겠습니다.

다시 한 번 엎드려 용서를 구합니다.

그렇게 애먹이던 김 서방이 이제는 아내에게 잘합니다.

앞으로도 쭉 잘하려고 합니다.

아무 걱정 마시고 부디 하늘나라 영면하십시오.

용서일기 쓰는 이 새벽에 통곡하며 장모님께 사죄의 큰절 올립니다.

－부산 김 서방 올림

용서일기를 씁시다

감사가 마음속에서 우러나지 않는 날에는 용서일기를 쓰는 것도 좋은 방법입니다. 내 무의식에 꼬여 있는 분노, 적개심, 비관 등의 부정적인 마음을 용서일기로 풀면 진정한 감사가 우러납니다. 손으로 글을 쓴다는 것은 나와 마주하는 시간이고, 무의식과 연결되는 통로이고, 자율신경을 균형 있게 만들 수 있는 효율적인 방법입니다. 눈물은 마음의 때를 빨아내는 천연 비누입니다. "그럴 수 있나"의 원망에서 "그럴 수 있지"라는 이해와 용서가 마음의 평화를 가져다줍니다. 그런 점에서 용서일기는 우리들 삶의 질을 높여주는 것 같습니다.

a. 조용한 장소에 혼자 앉아서 노트나 백지에 손으로 글을 씁니다.

b. 나를 먼저 용서합니다. 용서할 것이 잘 생각나지 않으면 "나는 나를 용서한다", "나는 나의 모든 것을 용서한다"라고 10번씩 쓰면 됩니다. 그런 다음 생각나는 대로 용서할 점을 쓰면 됩니다.

c. 부모님을 용서하고 글로 적습니다.

d. 자녀들을 용서하고 글로 적습니다.

e. 친구들, 사회 관계에 있는 사람들을 차례로 용서하고 글로 적습니다.

f. 국가와 세상을 용서하고 글로 적습니다.

g. 마지막으로 위에 쓴 글을 읽어보면서, 마음에 불편함이 느껴지는 사람을 한 번 더 용서하고 글로 적습니다.

h. 몇 번 쓰다 보면 마음이 편안해지고 감사함이 밀려올 때가 있습니다. 그날은 용서일기를 태워서 우주로 날려보내시면 됩니다.

다시 태어나도 감사하겠습니다

얼마 전 집사람과 TV를 보는데, 요즘 아주 인기 많은 부부가 나와서 다음 생에서도 서로의 만남을 기약하고 있었습니다. 남편이 아내에게 다시 태어나도 결혼하자고 말하자, 아내가 다음 생에 나 못 만나면 찾으러 올 거냐고 묻습니다. 그러자 남편은 "내가 찾으러 가겠다. 아마 당신도 날 찾을 수 있을 거다"라고 말합니다. 두 사람의 깊은 사랑에 마음 한구석이 따뜻해졌습니다. 그리고 그 남편이 참 부러웠습니다. 대부분의 부부는 다음 생에 절대 그럴 생각이 없다고 말하거나, 마음속으로 다짐할 것이기 때문입니다.

그런 면에서 보면 나는 그야말로 대한민국 0.1%로 축복받은 남자이자 남편입니다. 감사하고 또 감사할 일입니다. 내가 한 못된 짓이 얼마나 많은지 알기 때문입니다. 그 잘난 사업 한답시고 새벽에 나가서 밤늦게 술이 고주망태가 되어 들어와서 집안에 단 1%의 도움이 되질 못했습니다.

언제였던가, 본의 아니게 아내의 낡은 일기장을 보다가 너무나 큰 충격을 받았습니다. 나와의 이별, 즉 이혼을 하려고 마음먹었다고 쓰여 있었기 때문입니다. 아내는 지금처럼 사는 것을 원하지 않았고, 사는 것이 사는 게 아니라고 말하고 있었습니다. 그러나 나와 두 핏덩이 자식을 두고 이혼하기보다는, 이렇게 사랑스러운 아이를 선물한 아이들의 아버지를 위해 차라리 식모라고 생각하고라도 함께 사는 것이 낫겠다며 다시금 마음을 다지는 아내의 글이었습니다. 아내의 마음을 아무것도 몰랐던 어리석은 남자는 식모까지 되어서라도 살아가려고 했던 아내의 일기장을 보며 참으로 미안하고 고마운 마음이 가득 밀려왔습니다.

　내가 선지랄과 후수습의 시대를 거치는 동안 가장 많은 고통과 고생을 떠안은 사람은 당연히 아내입니다. 아내와의 만남은 지금으로부터 40년 전 내가 역술원을 하고 있을 때, 초등학교 교사였던 아내가 재미 삼아 점집에 들르면서 시작되었습니다. 사주를 뽑아보니 백만 명에 한 명꼴일 '평강공주' 사주였습니다. 평강공주가 누굽니까? 바보 같은 온달도 장군으로 만든 부인입니다. 무조건 내 여자로 만들어야겠다는 생각에 온갖 감언이설로 꼬이고 또 회유해서 결국 결혼했습니다만, 잡힌 고기라고 미끼를 안 준 정도가 아니라, 사업한답시고 가정은 들여다보지도 않았기에 이런 고통이 아내에게 있었던 것입니다.

"여보, 그런데 이런 못난 남편이 어떻게 용서가 됩디까?"

어느 날 아내에게 일기장을 본 사연을 전하며, 그런 마음의 다짐을 하고 나랑 살면서 밉디미운 나의 행동이 어떻게 용서가 되었는지 궁금해서 물었던 적이 있습니다. 그랬더니 아내가 이렇게 대답했습니다.

"긍정적으로 감사해야지, 어떡해요. 내 남편이 뭘 잘하나 찾아봤죠. 긍정적으로 장점을 찾고 찾다 보니 4개나 보이더라고요. 잘 잔다, 잘 먹는다, 잔소리 안 한다, 늘 배운다. 그것만 가지고도 다행이다 싶었지요."

이런 긍정과 감사 왕인 아내의 도움으로 지금껏 나는 감사하게 살아가고 있습니다. 그리고 그 고마움의 백분의 일이라고 갚으려고 무던히도 노력했습니다. 그 결과, 얼마 전 다음 생에 태어나도 당신 아내가 되겠다는 고백의 말을 들었습니다. 아, 행복합니다. 그리고 무한정 감사합니다. 아내가 참으로 정겹고 사랑스럽습니다.

우리 모두 감사합시다

날마다 꼭 감사합시다.

감사할 일이 없으면 감사했던 일을 기억하십시오.

밤에 잠자리에 들기 전에 꼭 한 번 감사합시다.

우리 삶은 감사할 일로 가득 차 있습니다.

그것들을 관찰해보십시오.

내가 태어난 것도 감사요,

이리 살게 하시는 우주와 자연과 이웃이 있어 은혜이고 감사입니다.

싫은 일에도 감사할 면이 있을 때가 있습니다.

슬픈 일에도 감사할 면이 있을 때가 있습니다.

고통스러운 일에도 감사할 면이 있을 때가 있습니다.

그 일에 감사하려면 용기와 반성과 겸손이 필요합니다.

당신에게 일어난 감사한 일들을 항상 기억하고,

지금 만나는 모든 사람에게 얘기해주십시오.

감사할 순간을 결코 미루지 마십시오.

지금 당장 감사합시다.

- 참된 아름다움은 아름다운 성품입니다 아름다운 성품은 감사하는 마음에서 나옵니다.

- 때때로 고통의 비, 실패의 바람, 절망의 눈보라가 몰아쳐야 삶이 단단해집니다. 시련에 감사하십시오.

- 삶의 불편함이 있습니까? 감사하십시오. 감사가 메마른 땅의 단비가 됩니다. 날씨가 항상 좋으면 그 땅은 사막이 됩니다.

- 인생의 진정한 목적은 무한 성장이 아니라 끝없는 성숙입니다. 성숙으로 가는 길은 감사하는 마음입니다.

- 감사의 태엽을 열심히 감아야 원망과 불평을 몰아내고 삶의 시침이 멈추지 않고 행복한 시간을 만들어갈 수 있습니다.

- 인생의 가치는 더 많은 소유가 아니라 더 깊은 인격입니다. 인격은 감사하는 마음의 옹달샘에서 분출됩니다.

- 좋은 사람을 찾지 말고 좋은 사람 되어주고, 좋은 조건을 찾지 말고 내가 좋은 조건 되어주는 게 감사하는 사람입니다.

- 아플 때 우는 것은 삼류, 아플 때 참는 것은 이류, 아픔을 즐기는 것이 일류! 시련 속에 감사로 참는 것은 초일류!

- 삶의 상처와 분노를 감사의 향기로 내뿜어야 아름다운 세상을 만들 수 있고 나도 향기로워질 수 있습니다.

- 아름다운 종鐘소리를 더 멀리 퍼뜨리려면 종이 더 아파야 합니다. 삶의 시련에 감사하면 맑은 종소리로 성숙한 삶을 살 수 있습니다.

- 가장 존경받는 사람은 덕을 베풀고 남을 먼저 생각하는 사람인데, 감사하는 삶을 살면 가장 존경받는 사람이 됩니다.

- 내가 먼저 멋진 사람이 되어야 멋진 생각을 가진 사람들과 어울려 집니다. 내가 먼저 감사하는 사람 되면 멋진 사람 됩니다.

- 나이가 들어가는 것은 열정을 잃어가는 시기일 수 있지만, 바꾸어 보면 잘 발효된 된장이나 간장을 만들 수 있는 시기입니다.

- 질병의 괴로움을 겪어온 사람일수록 생명의 존귀함을 알 수 있듯이, 삶이 고달플수록 감사하면 행복의 소중함을 알 수 있습니다.

- 추위에 떨어본 사람일수록 태양의 따뜻함을 알 수 있듯이, 시련 속에서 원망하지 않고 감사하면 발효된 삶을 사실 수 있습니다.

- 내가 행복할 때 오늘의 햇볕을 따뜻하게 사랑하고, 오늘이 불행할 때 내일의 별들을 바라보며 희망 속에 감사하세요.

- 불굴의 신념을 가진 자는 자신을 소중하게 생각하는 사람이요, 감사 생활하는 사람은 이웃을 소중하게 생각하는 사람입니다.

- 명품을 입었을 때 명품이 그를 돋보이게 하는 게 아니라 감사하는 마음이 인품을 돋보이게 만들고 명품 인생을 만듭니다.

- 자신의 가치를 스스로 발견하고 계발하는 것은 누가 뭐래도 나 자신이 감사하는 삶을 살아가기 때문입니다.

- 졸졸 흘러내리는 시냇물은 썩지 않듯이, 감사는 졸졸 흐르는 시 냇물 같아 원망과 불평의 늪에서 썩지 않고 삶의 활기를 줍니다.

- 우리들 삶의 바다는 밀물이 되기도 하고 썰물이 되기도 하면서 끊임없이 출렁거리는데 감사로 그 파도를 잠재우십시오.

- 내 마음이 허전하고 외로울 때면 남이 나를 버리는 줄 알았는데 내 마음속에 사랑과 감사가 없어서 나타난 현상입니다.

- 인품이 갖추어지지 않은 사람은 온갖 명품으로 몸을 치장하더라 도 돋보이지 않습니다. 감사 생활로 인품을 만들어야 합니다.

- 자신의 가치를 알고 자기를 소중하게 여기는 사람이 바로 진정 한 보물을 간직한 사람입니다. 감사가 바로 진정한 보물입니다.

- "만남"과 "관계"가 잘 조화된 사람의 인생은 아름답습니다. "감사" 와 "사랑"으로 잘 조화된 삶을 살기 위해 양보하며 살아야 합니다.

- 가난이 3대로 대물림된다는 것은 가난한 마인드가 대물림된다 는 의미입니다. 감사 생활하면 가난이 대물림되지 않습니다.

- 물이 맑으면 달이 와서 쉬고 나무를 심으면 새가 날아와 둥지를 틀 듯이, 내가 감사하면 내 주변 사람들이 마음에 평화를 느낍니다.

- 감사가 생활 깊숙이 자리하면 흐뭇함이 배어 있는 감동과 정갈 함이 묻어 있는 손길로 인정 넘치는 삶을 살아갈 수 있습니다.

- 감사는 아름다움과 너그러움으로 채워가는 참다운 지혜입니다. 감사는 마음에서 원망과 불평을 버리는 것에서 출발합니다.

- 원망과 불평을 버리지 않고는 행복을 부르는 감사가 들어올 수 없습니다. 감사는 세상을 아름답게 바라보는 힘이 있습니다.

- 지옥을 만들려면 가까운 사람을 미워하고, 천국을 만들려면 가까운 사람을 사랑하십시오. 감사와 사랑으로 천국을 만들어요.
- 삶이 찌들고 지쳐서 원망과 불평으로 뒷걸음치는 일상의 삶에서 자유를 얻으려면 억지로라도 감사해야 합니다.

- 상처를 받을 것인지 말 것인지 내가 결정합니다. 상처 주는 사람의 행동은 어쩔 수 없지만 반응은 언제나 내 몫입니다. 감사하십시오.

- 꽃은 향기를 날려 자기를 알리듯, 우리도 감사의 향기를 날려 사람들에게 알려야 합니다.

- 존경받는 리더는 책임을 질 때 '맨 앞'에, 칭찬을 받을 땐 '맨 뒤'에 섭니다. 감사하는 사람이 존경받는 리더입니다.

- 부족함을 알면 지혜가 생기고 분수를 알면 겸손해집니다. 감사는 부족함을 알고 분수를 아는 지혜 속에 행복을 얻는 감초입니다.

- 기쁠 때 몸 안팎으로 드러나는 가장 큰 행동이 웃음입니다. 그 웃음의 옹달샘은 감사하는 마음입니다.

선 지랄
후 수습
늘 감사

초판 1쇄 | 2018년 9월 10일

지은이 | 김광수

펴낸이 | 설응도
펴낸곳 | 라의눈

출판등록 | 2004년 5월 6일(제16-3336호)
주소 | 서울시 서초구 서초중앙로 29길 26(반포동) 낙강빌딩 2층
전화번호 | 02-466-1207
팩스번호 | 02-466-1301

전자우편 | 편집 editor@eyeofra.co.kr   마케팅 marketing@eye ofra.co.kr
         경영지원 management@eyeofra.co.kr

ISBN 978-89-94543-82-6 03810